有趣的 哲学 启蒙书

墨子

平等与博爱的故事

【韩】尹武学 著 吴荣华 译

全国百佳图书出版单位

APETIME 时代出版传媒股份有限公司
时代出版 黄 山 书 社

图书在版编目（CIP）数据

墨子：平等与博爱的故事/（韩）尹武学著；吴荣华译.
—合肥：黄山书社，2011.7
（有趣的哲学启蒙书）
ISBN 978-7-5461-1933-5

Ⅰ.①墨…Ⅱ.①尹…②吴…Ⅲ.①儿童故事－韩国－现代
Ⅳ.①I312.685

中国版本图书馆 CIP 数据核字（2011）第 120383 号

版权合同登记号：1209707

墨子:平等与博爱的故事	[韩]尹武学著　吴荣华译
出　版　人：左克诚	选题策划：杨　雯　余　玲
责任编辑：余　玲　朱莉莉	责任校对：张　晶
装帧设计：姚忻仪	责任印制：戚　帅

出版发行：时代出版传媒股份有限公司　http://www.press-mart.com
　　　　　黄山书社　http://www.hsbook.cn/index.asp
　　　　　（合肥市蜀山区翡翠路 1118 号出版传媒广场 7 层　邮编：230071）

经　　销：新华书店	营销部电话：0551-3533762　0551-3533768
印　　制：武汉三川印务有限公司	027-59301218

开　　本：720×980　1/16	印　张：8	字　数：160 千字

版　次：2011 年 8 月第 1 版　　2011 年 8 月第 1 次印刷
书　号：ISBN 978-7-5461-1933-5　　　　　定　价：18.00 元

版权所有，侵权必究

（本版图书凡印刷、装订错误可及时向承印厂调换）

编辑姐姐给同学们的一封信

同学们：

当你们看到姐姐捧着这些哲学家讲的哲学故事的书来到你们中间时，你们是不是情不自禁地皱起了眉头，低声嘀咕："哲学，太深奥了，我们哪里读得懂啊？"

是啊，哲学是人类思维的最高智慧。我们在说到一些有思想的伟人时，常常称他们为"哲人"。对他们思想的研究，例如对老子、孔子、柏拉图、苏格拉底……我们探讨了几千年，还在不断地探讨哩。这说明哲学的确是一门很深邃的学问。但是，另一方面呢，哲学所探讨的又是我们每个人，包括同学们自己每天都在问的一些问题，例如：世界是什么？人为什么活着？怎样的生活才有意义？我们能改变世界、改变自己吗……这也就是说，我们也许不一定意识到自己在学哲学，但我们每天想的这些问题，都是哲学所要探讨的基本问题。所谓的哲学家，就是他们对人类思考的这些基本问题有着专门的研究和深刻的见解，他们像黑暗中的明灯，给许许多多人的生活指出了前进的方向，给许许多多人的精神带来了寄托。

同学们，你们在生活中，在学习中曾经有过困惑，有过苦恼吗？你们有没有想过为什么会有这些困惑和苦恼？怎样解决这些困惑和苦恼？如果呀，你们学了一点哲学，认识了一些哲学家，你们会发现：原来我们的这些困惑和苦恼，他们也有过，并且还对这些问题发表过许多深刻的见解，听了以后使我们的心胸感到豁然开朗。

其实，你们现在遇到的困惑和苦恼，还是些小困惑小苦恼。随着你们不断成长，知识不断增加，眼界不断开阔，你们思考的问题会越来越多，你们遇到的困惑和苦恼也会越来越多。如果你们想不断地战胜这些困惑和苦恼，使自己不断地进步，对世界、对人生的理解不断地深刻，你们肯定会不断地与越来越深刻的哲学，越来越多的哲学家相结识。所以，从现在起，你们有意识地学一点哲学，有意识地了解一些伟大的哲学家，对于你们今后的成长实在是太重要了。

为了帮助你们从小学点哲学，了解一些最伟大的哲学家，姐姐特地从韩国为你们编辑引进了这套《有趣的哲学启蒙书》小丛书。为了让这套书更适合你们阅读，姐姐还专门去了韩国，和作者以及出版社的编辑进行座谈讨论。

姐姐之所以向你们推荐这套书，首先是因为这套书写得太有趣了，与你们的生活，与你们的爱好太接近了。它要么把那些哲学家复活，放在你们的身边，与你们一起学习生活，进行思想交流；要么，请同学们"变"到哲学家所生活的时代去，和哲学家一起感受他们的生活，感受他们的思想产生的土壤；要么，干脆就是一篇童话故事，在海洋，在天空，我们的哲学家变成了各种会说话的鱼儿、鸟儿什么的。你们读起来就好像在读探险故事，又好像在读科幻小说，既紧张，又兴奋。

其次是因为这套书将这些哲学家最重要的思想用非常简明的形式表现出来，让同学们一听就能明白，就能对这些哲学家有所认识，感到他们很亲切。今后，等你们长大了，再深入学习这些哲学家的思想时，就不会感到陌生了。第三，是因为这套书真正做到了深入浅出。无论是小学三年级的同学，还是高中学生都可以阅读，只不过由于你们身边世界的大小不同，你们从中得到的理解和收获也不同。

说了这么半天，同学们似乎都有点迫不及待地想听哲学家亲自来为你们讲故事了，当然，他们一定比姐姐讲得精彩多了。那么，好吧，你们就直接和这些伟大的"哲人"交往吧。记住，有什么问题和收获别忘了和姐姐一起交流、分享噢。

祝你们进步！

编辑姐姐

中文版序

——孩子和大师之间的桥梁

　　哲学是启迪人生智慧的学科。人的一生中，是否受到哲学的熏陶，智慧是否开启，结果大不一样。哲学在人生中的作用似乎看不见，摸不着，其实至大无比。有智慧的人，他的心是明白、欢欣、宁静的，没有智慧的人，他的心是糊涂、烦恼、躁动的。人生最值得追求的东西，一是优秀，二是幸福，而这二者都离不开智慧。所谓智慧，就是想明白人生的根本道理。唯有这样，才会懂得如何做人，从而成为人性意义上的真正优秀的人。也唯有这样，才能分辨人生中各种价值的主次，知道自己到底要什么，从而真正获得和感受到幸福。

　　哲学对于人生有这么大的意义，那么，我们怎样才能走近它、得到它呢？我一向认为，最可靠的办法就是直接阅读大哲学家的原著，最好的哲学都汇聚在大师们的作品中。不错，大师们观点各异，因此我们不可能从中得到一个标准答案，然而，这正是读原著的乐趣和收获之所在。一个人怎样才算是入了哲学的门？是在教科书中读到了一些教条和结论吗？当然不是。唯一的标准是看你是否学会了用自己的头脑去思考人生的根本问题，从而确立了自己的人生信念。那么，看一看哲学史上诸多伟大头脑在想一些什么重大问题，又是如何进行独立思考的，正可以给你最好的榜样和启示。

常常有父母问：让孩子在什么年龄接触哲学书籍最合适？我的回答是：顺其自然，早比晚好。顺其自然，就是不要勉强，孩子若没有兴趣，勉强只会导致反感。早比晚好，则要靠正确的引导了，方法之一便是提供足以引发孩子兴趣的适宜读物。当然，孩子不可能直接去读原著，但是，我相信，通过某种方式让他们了解那些最伟大的哲学家的基本思想，仍然是使他们对哲学真正有所领悟的必由之路。

正是基于这一想法，我乐于推荐黄山书社出版的《有趣的哲学启蒙书》系列丛书。这套丛书选择了东西方哲学史上50位大哲学家，以各人的核心思想为主题，一人一册，用讲故事做诱饵，一步步把小读者们引到相关的主题中去。我的评价是，题材的选择颇具眼力，50位哲学家几乎囊括了迄今为止对人类历史产生了最重要影响的精神导师。故事的编撰，故事与思想的衔接，思想的表述，大致都不错，水平当然有参差。我觉得最难能可贵的是，韩国的儿童教育学家和哲学家极其认真地做了这件事，在孩子和大师之间筑了一座桥梁。对比之下，我们这个泱泱大国应该感到惭愧，但愿不久后我们也有原创的、高水平的类似书籍问世。

周国平

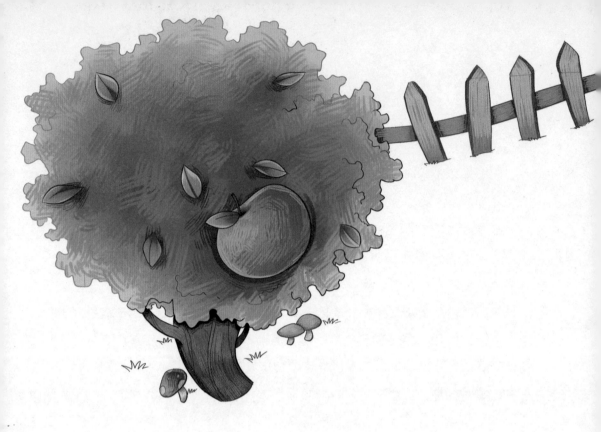

目　录

卷首语

我们都是在啼哭声中来到这个世界的，这就是我们通常说的"呱呱坠地"。因为助产士剪掉了连接婴儿与母亲的脐带，婴儿啼哭是因为不愿意脱离母亲的脐带，可如果不剪断连接母亲和婴儿的脐带，两个生命都将受到威胁。如果剪断脐带之后婴儿仍然不啼哭，助产士就会使劲拍一下婴儿的屁股，让婴儿放声啼哭。这当然是为了婴儿的呼吸系统畅通，同时还隐喻婴儿已经初次品尝到了这个世界的苦涩。

刚刚出生的婴儿只要一离开母亲，便不安起来，通常会哭闹不止，可一旦母亲把乳头塞进婴儿的嘴里，婴儿就像感觉到重新跟母亲连成一体似的，立刻停止哭闹。可是，孩子不可能永远跟母亲在一起。长大以后，他要到学校学习，还要组建自己的小家庭。于是，孩子渐渐懂得了自己和母亲并不是一个整体，而是不同的两个人。慢慢地他也明白了母子两个人将来还要变成四个人，四个人又会变成八个人……

如果我们追根寻源，重新回到婴儿和母亲的关系上，那么，可以说这个世界原本就是一个整体。只是为了生存我们不得不一分为二，二分为四，一分再分，无止境地分裂下去。可以说，我们的成长就是在这一不断分裂的过程中完成的。一个人成熟的标志，就是离开妈妈的怀抱，开始长大，开始懂得一分为二的自然规律。通俗一点说，哲学就是教人成熟的学问。从这一点上看，哲学包罗万象，我们目前所学的知识没有一个不包含哲学的。

本书的主人公"兼"是东方哲学中墨家哲学的化身。墨家哲学的创始人墨子差不多是与孔子同时代的人。墨子是站在当时吃不饱、穿不暖的贫苦阶层的立场上，对压榨和逼迫他们的贵族阶层进行猛烈抨击的古代哲学家。他提出兼爱理论，反对贵族单方面的不平等分配，主张没有任何差别的平等立场上的分配。对贫苦阶层来说，大部分人还在为吃不饱、穿不暖而发愁，而贵族阶层却铺张浪费、奢侈腐化。不仅如此，贵族阶层还用贫苦阶层辛辛苦苦创造的财富发动战争，使贫苦阶层备受煎熬。于是，墨子就站在贫苦阶层的立场上，对贵族阶层的这一非道义行为进行了猛烈的抨击。

哲学并不是脱离我们现实的学问，可是对我们大家来说，还是会觉得哲学非常神秘、深奥，是一门可望而不可即的学问。这个问题不仅存在于青少年朋友当中，就连我们大人也普遍这么认为。这是为什么呢？当然有来自现今社会只追求眼前物质利益的错误倾向的影响，但是，主要问题还在于眼下讲哲学、介绍哲学的学者们身上。

我们这套丛书将会给青少年朋友提供一个容易接受哲学、并对哲学产生浓厚兴趣的平台，让大家走进哲学世界畅游一番。

尹武学

楔子

"兼公子，快，您快躲一躲呀！"

善珠已经吓得脸色苍白，边捶胸顿足，边一个劲儿地叫喊道。可是，兼公子却像一块木头一样怔怔地站立在那里，一动不动。大祸从天而降，而且来得那么突然，涉世未深的少年简直不敢相信这是发生在自己身上的事。

"公子呀，我求您啦，快点儿吧！现在不跑，过一会儿还不一定会发生什么事情呢。"

善珠使出吃奶的力气拉起了比自己小好几岁的公子的胳膊，此时的善珠已经成了一个泪人。少年的一只手里拎着一个小包袱，他目无表情，紧闭双唇，只是低下头怔怔地看了一会儿善珠抓住自己胳膊的纤细小手。

"善珠，那里正在燃烧的是我的家，对不对？"

过了半晌，兼发出了颤抖的声音。这是一个应在父母的怀抱里受宠撒娇的少年，可眼下，他的嘴里却吐出与他的实际年龄极不相称的、充满悲伤的话语。

善珠也抑制不住自己的感情，"哇"地哭出声来了。

"公子！"

"就在今天早上，父王还训斥我没念好昨天的书，我就跑出来了。母后追着我出来了，看我被父王训哭了，她很心疼，还把我紧紧地抱在怀里。"

少年慢慢地抬起头来，呆滞的目光转向浓烟滚滚的天空，继续说道："我今天又逃课了。我真的不愿意念这个书。按理说，今天晚些时候，我还要挨一通父王的训斥。父王的训斥是那么严厉，可是……可是我的父王现在在哪里……还有，我的母后呢……"

"呜呜——公子，王爷和夫人已经不在这个世界上了，他们已经……现在全家只剩下您自己了，您必须要活下去……我求您了，赶快，赶快离开这里躲一躲吧。万一他们发现了你，可不得了啊！"

不知哪来的那么大力气，善珠咬紧牙关拉起了公子。少年被善珠连拖带拉，三步一回头地离开了大火燃烧的村庄。他的眼里此时也噙满了泪水。

"难道……难道这就是战争吗？还是……"

翟，收容兼

　　为明君于天下者，必先万民之身，后为其身，然后可以为明君于天下。

　　是故退睹其万民，饥即食之，寒即衣之，疾病侍养之。

　　（要想成为天下的明君，必须先考虑百姓，然后再考虑自己，只有这样才能成为天下的明君。看到百姓饥饿时就给他食物吃，受冻时就给他衣服穿，生病时让他受到照料、赡养。）

——墨子

1 翟与兼的邂逅

"唉，真见鬼，我已经到处都找过了，我的包袱到底跑哪儿去了呢？"

翟在房间里翻箱倒柜地找了好几遍，可就是找不到自己的包袱。他只好长叹一声，无奈地坐在了床上。由于走了很长的路，疲惫不堪的翟，昨晚投宿这家小旅店后，顾不上解开包袱，一头倒在床上就睡着了。然而，早晨起来一看，他那放在床边的包袱竟然不翼而飞了。

"这可不得了哇，一路上需要用的所有物品都在包袱里。丢失了包袱，可怎么赶路呀？"

正在翟长吁短叹不知所措的时候，有人来到房间门口朝屋里问道："客官，您是不是哪里不舒服呀？"

原来是旅店老板，他隐约听到了翟房间里的动静和他的自言自语声后，便过来看个究竟。翟打开房门让老板进来。老板皱着眉头走进了房间。

"昨夜好像有小偷来过我的房间，我放在床边的包袱不见了！"

老板这才明白怎么回事，立刻慌张起来了。

"什么，包袱没了？这可怎么得了啊？客官，昨晚临睡之前您锁好房门没有？"

"唉，路途上过于劳累，我忘了反锁房门。"

"哎哟，客人您也不想想如今是什么世道！在这兵荒马乱的年月，偷鸡摸狗的到处都是，您得经常提防点儿呀！您的包袱里都有什么贵重物品呢？"

"也谈不上什么贵重物品，只不过都是些旅途上需用的物品罢了。"

"噢，真是万幸呀。不过，旅途用品丢失了，怎么赶路呀？真要命，在我的店里发生这样的事情，真的对不起您啊！客官，要不我去衙门报案？"

旅店老板内疚地搓起了双手。看来这家旅店里经常发生类似的事情。

翟向老板说道："先不要急着报案，让我们再好好想想。不过，你这里经常发生这样的事吗？"

"是。眼下战事不断，百姓死伤无数，失去父母无依无靠的流浪孩子一天比一天多。还有贵族向百姓索取的苛捐杂税也越来越多，即使是有父母的孩子也都变成了乞丐。于是，那些无家可归的孤儿和小乞丐们也就成了小毛贼。小孩子嘛，大人们一般不怎么防范他们，所以他们偷盗东西更是得心应手。"

听到老板的话，翟会意地点了点头。

翟已经走过了很多地方。在旅行中，翟看到了各地百姓身处水深火热之中的情景。连绵不断的战争和贵族们越来越猖獗的横征暴敛，使得百姓居无定所，颠沛流离，真可谓国无宁日，民不聊生。

不过，乱世归乱世，包袱还得找回来。翟平静下来，向老板问道："你看能不能给我提供一点线索？我还要赶很长的路，所以不能没有这个包袱，我必须得找回来呀！"

"哦，我想起来了。一连好几天，我都发现有两个行踪可疑的小家伙总在旅店周边徘徊。就在昨天晚上我还看见他们两个人了……对，就在旅店门口。莫非是那两个小娃娃？"

"两个小娃娃？"

炎炎夏日，烈日当空，酷暑难耐。翟和旅店老板朝着远远望见的小湖泊艰难地挪动着脚步。

"我跟你说过，你不用陪我，我自己也能找到地方。这大热天的，你何苦呢？"

翟停下脚步，用衣袖擦拭脑门上的汗珠，回头望着身后的旅店老板说道。

"不用客气。最近一个月来，我的小店里经常发生这样的事情。看偷窃手法跟前几回相似，我看八成是那两个小家伙所为。今天跟你一起来，就是为了抓到他们好好地教训教训。"

旅店老板也停下脚步，呼哧呼哧地喘两口粗气之后，又问道："不过，客官，您为什么偏偏要到湖边去抓小偷呢？您为什么不直接去向衙门报告呢？"

翟面带微笑，回答旅店老板道："为什么？首先，像今天这样的大热天孩子们最愿意去的应该是什么地方呢？正是湖边。第二，如果我向衙门告状，那么衙门肯定会派出官兵来捕捉案犯。假如案犯不是你昨晚看到的那两个小娃娃，那么，那两个小娃娃不就蒙受不白之冤了吗？我可不愿意看见小娃娃到衙门受皮肉之苦啊！"

"您啊，干吗要考虑那么多呢？偷窃了人家的东西，不管是大人，还是小孩都应该受罚，罪有应得嘛！"

听到旅店老板不满的话，翟说道："老板，你想一想，由于连年不断的战争，有多少孩子们失去父母兄弟，成了无依无靠的孤儿。他们还小，不能用自己的双手干活挣口饭吃，他们只能依靠别人吃饭、过日子。城门失火，殃及池鱼。这场由大人们为争权夺利而引发的战争，却把无辜的孩子们卷了进来，使他们备受煎熬，甚至失去他们幼小的生命。我们在教训那些孩子之前，首先要诅咒使众多孩子们变成孤儿的这个世道。你说对不对？"

旅店老板点了点头，说："听您的话也确实有道理。您别怪我见识短。"

"我也是战争的受害者，战争夺去了我一家人的性命。我的童年也跟他们一样在苦难的深渊里度过，可我毕竟熬过来了。我现在到处行走，目的就是为了去接触更多的人，向他们传授我的意志。"

旅店老板察言观色地问道："您要传授的意志是什么呢？"

"贵族独占官职，骑在百姓的头上作威作福，百姓在社会的最底层过着牛马不如的日子。我们的百姓现在有粮不能吃，有衣不能穿，有病不能医。为什么？因为这些东西都让贵族们独占了。"

"哎哟，您说得太好啦。不过，那些高高在上的衙门里的人能够听从您的话吗？"

旅店老板半信半疑地问了一句。

翟面露微笑，说道："其实，我来这里就是为了寻找一个能够帮助我的人。我也知道仅凭我一个人的力量是说服不了高高在上的衙门里的人的，我想找一个志同道合的人帮我实现愿望。不瞒你说，我是来拜见南方的吴虑先生的。"

旅店老板顿时眉开眼笑，大声说道："哎呀，吴虑先生可是一个贤人呀，他的大名我早就听说过。他在冬天烧陶罐，一到夏天又耕地，尽管自己家境窘迫，却经常给别人送衣送粮，帮助穷人过日子，是个非常善良的人。"

翟点了一下头。

"您见过那位大人了吗？"

旅店主人好奇地问道。

"是，见过。我还问过他，要不要跟我一道去拯救受苦受难的穷苦百姓？"

"那，吴虑先生是怎么说的？"

"他说，只要是仗义的事情，不用别人指点，他自己都会去干的。他还说，像这样的事情只能意会而不可言传。"

"我是一个没有文化的粗人，我不太明白那是什么意思。"

"我问过吴虑先生，所谓仗义的事情是不是舍己为人，分粮分衣呀？吴虑先生点着头说，是这么回事。"

"确实是这么回事吗？"

"我也曾经这么想过。然而，这么做的结果，最多只能帮助我身边的少数邻里乡亲。现在我改变了主意。我们应该好好吸取以前的君主和学者们的教训，多多说服如今当政的国王。如果当今的国王能够按我说的话去当政，那么他就能正确地治理国家，那些服从国王命令的百姓和军人就会自然而然地跟随我的意志参与治理国家的活动。这虽然不是种地为饥饿的人送饭，也不是织布为挨冻的人送衣，但最终效果要比送衣送粮强好几十倍。你说是不是？"

听完翟的解释，旅店老板似懂非懂地点了点头。

"哦，是这么回事呀。您说的好像是对的。"

两个人边走边谈，不知不觉来到了湖边。

果然不出翟的所料，大大小小的孩子都聚在湖边上，远远看去黑压压一片，他们冲凉的冲凉，戏水的戏水，唧唧喳喳闹得正欢呢。由于连年不断的战争，孩子们穿的都是补丁摞补丁的破衣烂衫。再加上长期在外面流浪，他们的脸个个晒得黝黑。翟锐利的目光在嬉戏的孩子们中间迅速地扫了一下，最后固定在一个孩子身上。那是一个与众不同的孩子，他长相文静，白白胖胖，身穿丝绸长袍，看上去不像穷人家的孩子。只见他挺胸抬头，傲气十足地站在湖堤上望着在湖里戏水的穷人家的孩子们。突然，有个少女走到他的身旁跟他耳语了几句。女孩子看上去比少年要大三四岁。只见少年立刻环视一下周围，用下巴示意女孩儿赶紧离开这里，并率先跑进了湖边的荆棘丛中。

"我好像找到窃贼了。"

翟自言自语地说道，随后立刻朝着那两个孩子跑进的荆棘丛追了过去。旅店老板也急匆匆地跟在了翟的身后。

"喂，善珠！我看你办事越来越粗心了！你看看，费了那么大的劲儿去偷窃，偷来的却是一个穷光蛋的破烂玩意儿！我在外面辛辛苦苦给你放哨，你却给我送来这么个破玩意儿！唉，真倒霉！"

少年红着脸大声斥责女孩子。说完，少年又火气冲冲地把手中

的包袱摔在了地上。女孩子顿时面色苍白，跪在少年面前搓起了双手。

"公子，我实在对不起您！都是我的不对，请您饶了我吧！下一回我一定好好干，您千万不要发火！"

"你这个傻丫头，你要是这样伺候我，早点儿给我滚回去！我不要你这样又蠢又傻的丫头！"

经少年这么一说，那个叫善珠的女孩子更是不知所措了。

"公子，我犯了错！您打我吧，您骂我吧！您对我怎么做都行，可我求您别让我走！我不能没有您！"

善珠一把鼻涕一把泪地求饶。看到女孩子哭了，少年的心也就软了下来。他将视线从女孩子的身上转移开来，狠狠地踢了一脚刚才摔在地上的那个包袱，嘟囔道："去你的，该死的穷光蛋！身上带的，没有一个是值钱的！我原来碰上了一个饿死鬼！"

听到这里，翟实在忍无可忍，从荆棘丛中一跃而起，大声吼叫着，冲了出去。

"混账东西，原来是你们偷了我的包袱！你们这些该死的小毛贼，看我今天怎么收拾你们！"

"啊——！"

看到一个又黑又瘦的陌生男子从荆棘丛中猛地冲了出来，善珠不禁尖叫一声。然而，她并没有逃跑，也没有向陌生人求饶，而是挡在了陌生人的前面，大声喊叫道："不许你动我家公子的一根汗毛！"

女孩子的脸蛋儿已经被吓得不停地抽搐，可她并没有被吓倒，而是瞪大眼睛怒视对面的陌生人。站在女孩子身后的少年却若无其事，用满不在乎的目光望着善珠面前的男人。小家伙的态度极其傲慢。

见状，翟再次呵斥道："看你这模样应该是个贵族家的公子。告诉你，王子犯法与庶民同罪！还不快把我的包袱还给我！"

"原来是大人的包袱呀。我们错了，实在是对不住您，请您原谅！"
善珠低头不停求饶。

"大人，我们实在是太饿了。我们真不知道这是大人您的包袱。饶了我们吧，大人。"

"这个世道有几个能吃饱饭的？肚子饿了，就应该去偷人家的东西吗？偷窃别人的东西是什么罪，难道你们不知道吗？快把包袱还给我！"

这时，站在善珠身后的少年使劲拉了一下她的胳膊。善珠被少年拉到了他的身后。小家伙挺胸抬头，向前跨一步，狠狠地瞪着眼前的男人喊道："呸！不就是这破烂玩意儿吗，你就是白送给我，我都不想要！一个穷鬼的包袱，哼，怕弄脏了我的手！"

说着说着，那小家伙竟然抬起一只脚再次狠狠地踢了一下翟的包袱。

翟的火气也再次上来了："你这个无礼的小家伙！看来你还没尝到过厉害。赶快如实招来，你叫什么名字，是从哪来的？"

"你这穷鬼问我的名字干什么？"

"这小子越来越不像话了……你的爹娘在什么地方？走，找你爹娘去！"

少年的嘴突然闭上了，刚才还傲气冲天的眼神此刻黯然失色，眼眶里充满了泪水。

这时，站在少年身后的女孩子站了出来，说道："大人，我的主人……他们都已经……去世了，是在战争中死的……只剩下公子和我……"

"善珠，你少给我啰唆！不要跟那样的穷光蛋说起我的事情！我不想让那些乞丐知道我家的事情！"

小男孩的一声吼叫，吓得善珠浑身一震，立刻闭上了嘴。

听到女孩子的话，翟的心也跟着震颤了一下。他低下头再次看了一眼自己面前的少年。突然，自己小时候因战争失去父母而哭泣的形象，重叠映现在少年那噙满泪水的眼睛上。翟感觉有什么东西突然堵住了喉咙，他想对那个少年说些什么，却什么也说不出来。

2 心正才能得利

　　"哼，要是我的父王和母后还在世，我还能跟那边的穷小子们在一起吗？如果我父王在世，我还会去偷窃一个穷光蛋的破烂包袱？"

　　小家伙说话还是那么放肆无礼。翟一听这个小家伙的确是贵族家的公子，便义正词严地说道："你这小家伙，我可怜你，你还不买账！告诉你，战争就是因为像你爹那样的贵族老爷为了争权夺利而挑起的。他们这些人根本不顾百姓的死活，只考虑自己的利益！这些十恶不赦的贵族们，知道世上最可恶的事情是什么吗？告诉你，偷窃别人的东西，侵略别国的领土，这是这个世上最难以容忍的行为！"

　　一个说对方是乞丐、穷光蛋，一个说对方是毛贼、强盗，针尖对麦芒，双方都寸步不让。唯有善珠站在中间不知如何是好。

　　"哎哟，公子，我求求您别再说了，好吗？大人，实在对不起，我们家的公子本来不是这样的人，只是……呜呜……"

　　善珠急得哭出声来了。

　　小家伙的傲气实在令人难以忍受，可是，看到小女孩那着急的样子，翟再一次压住了心中的怒火。

"没错，这个孩子变成这样，都是因为那场该死的战争。你们看看，天下有多少百姓在饥饿中挣扎？为什么会发生这样的战争？每一次发生战乱，为什么遭殃的总是穷苦百姓呢？那是因为这个世道缺少兼爱，也就是说没有人尊重别人的东西，也没有人把别人的东西当成自己的东西一样爱护。所以，人们肆无忌惮地抢劫、强占他人物品，甚至抢夺别人的国家。"

说着，翟弯下腰拾起小男孩踢过的包袱，朝小男孩靠近一步说道："你来看一看，包袱里的东西都是我自己做的。这是我自己织的布匹，还有，这是我自己打猎弄到的兽皮。这些虽然值不了多少钱，但都是通过我自己的努力而得到的。这就是利，也就是说我通过自己的劳动得到利益。如果人人都像你这样偷窃别人的东西，抢夺别人的利益满足自己的欲望，那这个世道会怎么样呢？就像我把自己的东西看得非常贵重一样，别人也非常珍惜自己的东西。作为一个人，我们必须无差别地尊重别人的利益，尊重别人的劳动成果，保障别人的正当利益。当你尊重别人利益的时候，你的利益也就得到了别人的尊重。这就是兼爱。兼爱是所有人的利益得以保障的根本道义。如今的世道，正因为没有了兼爱，才会经常发生战乱，大多数百姓也被少数贵族欺压盘剥。"

一直歪着脑袋看都不看翟一眼的小男孩，突然瞪起眼珠子指着翟的鼻子大声骂道："你说什么？贵族欺压盘剥百姓？看来你是一个下贱的草民。你这个大胆放肆的草民，竟敢在我的面前辱骂贵族！你这个下贱无礼的家伙！"

"哎哟，公子呀，您千万冷静啊，我求求您！"

善珠慌忙扑向小男孩，用自己的小手捂住了他的嘴。小男孩一把甩开善珠，喘着粗气怒视眼前的这个"贱民"。

"嘿嘿，看来你小子是不见棺材不落泪呀！你偷了我的包袱，还骂人，该当何罪？要不要到衙门去评理？"

小家伙说话实在是肆无忌惮，翟瞪大眼睛吓唬道。一听衙门，小家伙立刻闭上了嘴。看到他们紧张的眼神，翟马上后悔不应该拿衙门吓唬这两个涉世未深的小孩子。

翟缓了缓，继续说道："听着，孩子。人世间最坏的勾当就是偷窃！你想得到什么东西，必须通过自己的劳动去获取。挑起战争的人总想不劳而获，所以他们侵略别的国家，去抢夺那里的人们用劳动换取的成果。如果所有人都为自己的利益去争夺别人的劳动成果，那么十个人为十个人的利益而争夺，一百个人为一百个人的利益而争夺，结果会是什么样的呢？这就需要把所有人的利益统一起来。只要所有人的利益统一了，就不会发生为争夺利益而展开的争斗。这就是兼爱。如果你不懂得这个道理，将来等你长大以后，你也有可能发动战争，也可能会使很多孩子变成受苦受难的孤儿。你听懂了没有？"

小男孩噙在眼眶里的泪水终于掉下来了。听了翟的一番话，小男孩心里很难受，尤其听到战争一词，他不禁想起了不久前在战乱中去世的父母。

"呜呜……父王……母后……"

"公子，您别哭，公子，您别哭呀……呜呜……"

善珠也忍不住跟着哭了起来。

翟用恻隐的目光望着少年。他在想，别看这小子正在掉眼泪，可他到目前为止都没有承认自己的错误，看来是个十分顽固的家伙。

"呜呜……你这个乞丐、穷光蛋，就你这下贱的草民还想跟我说大道理……呜呜……你快给我滚蛋……呜呜……"

"公子，您不要哭嘛……呜呜……"

两个孩子这么一哭，翟也就不想多说了。反正现在包袱也找到了，该回去了。想到这儿，翟拿起包袱转身向旅店老板道别。

"包袱找到了，我也该上路了。谢谢你，老板。"

这一次，一直默默不语的旅店老板却吼叫起来了："怎么，您就这么走呀？看这个毫无礼貌的小浑蛋，您也不教训教训？您看这小子，偷了人家的东西，还在嘴硬。这小子要是承认自己的不对，我也就不说什么了，可是他还在骂个不停。不行，我要把这个小浑蛋送到衙门去，好让这小子尝尝衙门的厉害！"

听到旅店老板的话，善珠的眼睛再次瞪大了。她慌忙将少年拉到自己的身后，向旅店老板哀求道："大人，求您千万饶了他吧，我求求您。要抓就抓我吧，偷窃包袱的是我。我的公子什么都没有干，他什么罪也没有，他是清白的……"

翟察觉到躲在女孩子身后的少年在一个劲儿地发抖，于是长叹一声，向旅店老板说道："算了吧，虽说是贵族出身，可这小子毕竟还是个孩子。老板，权当小娃娃不懂事，就饶他一回吧。"

"客官，像他这样的小子，纯粹是个得寸进尺的无耻之徒。您今天放他一回，他明天还会偷。现在不收拾，他恶习难改，还会祸害他人的。"

善珠惊恐万状，推开旅店老板，一个箭步抢上前，抓住翟的衣襟苦苦地哀求道："请饶了我的公子，大人，您千万要开恩，不能叫衙门的人抓走公子。公子要是被衙门抓走了，我就只有跳湖啦，大人，我求求您……"

翟看着少女思索片刻：我要是就这么走开，这两个孩子必定会被旅店老板带到衙门去。如果他们俩被带到衙门，就免不了遭受酷刑。最后，翟下定决心，要把两个孩子带到自己的部落去。

"你们是不是没有地方可去？我看你们两个小孩子成天这么流浪也不是个事。我虽然过着清贫的日子，可我还是想把你们带到我的部落去。怎么样，想不想跟我走？"

受到陌生人突如其来的邀请，小男孩一时间不知所措。善珠却止住了眼泪，眼巴巴地望着小男孩，等待他的回答。

似乎主意已定，小男孩慢慢地开口道："去看看也无妨。"

"好，你这样想就对啦。"

翟面露微笑，向小男孩伸出了一只手。可少年冷笑一声，无视对方的好意，回过头来抓住了善珠的手。看来俘获少年的心还需要一定的时间，翟无声地笑了一下。

"你住的部落离这儿有多远？"小男孩儿问道。

"是一个僻静的小村庄，不过到了那里你肯定会喜欢的。"

"哼！原来是个乡下的穷光蛋。"

这个出言不逊的小公子终于与翟一起并肩上路了。他始终握着善珠的小手，一刻也不放松。

"你要知道我的仆人善珠是个丫头，与我们男人不一样。要走远道，路途上还要多休息一会儿。"

"嗬，我还以为你只会委屈善珠，原来你还会心疼善珠呢。哈哈哈！"

听到翟的一句玩笑话，小男孩立刻驳斥道："谁在心疼她？善珠要是出了什么差错，你来伺候我吗？好啦，少说废话，快点儿赶路。"

"哈哈哈！"

翟开心地笑了起来。看上去是个自尊心特强，而且没大没小有些无礼的小家伙，可他并不是只考虑自己的自私鬼。翟多少有点儿放心了。

"哦，对啦。我们俩争吵了半天，我还不知道你的名字呢。你叫什么？"

"兼……"

"哦，兼？是哪个兼字呀？"

"你刚才啰唆半天兼爱什么的，本公子的名字就是那个兼字。"

兼的口气仍然十分不逊。

"是个好名字啊！"

"本公子的名字当然是个好名字！"

回到部落，首先得改正一下这小子的口气。翟心里思忖着，慢慢地挪动着脚步。

3 互相关爱，互相谋利

"这是什么鬼地方呀？能看见的除了山还是山，一点儿意思也没有。"

兼躺在一棵高大的榛子树底下不满地嘟囔道。

听到兼的自言自语声，正在谷子地里弯腰拔杂草的善珠站起来了。这是翟分给兼和善珠两个人负责拔草的谷子地，可是兼支使善珠一个人去劳动，自己却躺在树荫底下。

"公子，您在说什么？"

"我没跟你说，你干完活儿没有？"

兼眼睛都不睁开地问道。

"没有，还早着呢。不过您不用担心，我已经学会怎么拔草了，一会儿就可以干完。"

"你快点儿好不好？你的毛病就是干什么都慢！"

"嘻嘻，对不起，公子。"

"我要在这里睡一会儿觉，你要在我醒来之前干完！"

"是，公子。"

善珠像是做错了什么似的吐了一下舌头。

兼和善珠跟着翟来到这个山沟部落已经一个星期了。兼是出身于贵族家的宝贝公子，一直过着衣来伸手、饭来张口的生活，因此，这里对他来说是一个陌生的世界。聚集在这个部落里的人都是与翟志同道合的人，所以，他们有活儿共同干，有饭一起吃，不管是男女老少都过着平等的生活。

这里的人的生活对兼来说是不可思议的。这也难怪，在兼的潜意识里，他们一家比穷人家所占有财富要多是理所当然的事情，至于干活则是连想都没有想过的事情。

"真是一个奇怪的地方。干活的应该是那些穷人，为什么还要叫我干活呢？"

想着想着，夏日的困意袭来，兼的眼皮慢慢地垂了下来。兼刚刚要进入梦乡的时候，突然感觉到有什么东西哗啦啦地掉在了自己的脸上。

"哎呀，这是什么东西呀？"

兼猛地睁开了眼睛。树上掉下来无数颗冰雹似的东西，它们直接打到兼的脸上，他感到脸上火辣辣地痛。

原来是翟爬上了兼旁边的那棵榛子树，现在正在一个劲儿地摇晃树枝，无数颗又大又硬的榛子果从两米高的树上掉下来，像冰雹似的打在兼的脸上，怎么会不疼呢？

"你在干什么？你这无礼的家伙瞎了眼睛，难道没看见我躺在树底下吗？"

"你没看见我在干什么吗？告诉你，我正在摘榛子果。"

翟装出满不在乎的样子仍在摇晃树枝。

"我在问你干吗爬到树上摇晃树枝？你没有看见榛子果掉下来打在我的脸上了吗？"

"我只是在干我自己的活儿罢了。在这个地方想要与别人和睦相处，就连我这样的部落首领也得跟他们一样干活儿。你今天一整天什么活儿都没有干，按照我们这里的规矩，今天的晚饭你就别想吃了。"

"哼，不就是破小米饭吗？我到这里来不是为了吃小米饭的，我也从来不吃那样的东西。"

"哟，你到这里来还想要当一个小公子啊？好，吃不吃随你便。我们这里只有这种小米饭，到时候肚子饿了可不要怪我。"

"唉，我都快要饿死啦！"

到了半夜，兼饥饿难忍，怎么也睡不着觉。在白天，出于自尊向翟说了一句不吃小米饭，到了晚上，肚子就开始饿了。唉，饿肚子的滋味实在是不好受啊！

兼确定隔壁房间里的善珠已经睡着了，便踮起脚尖偷偷地来到厨房。

"啊——！"

在黑暗的厨房里，兼突然发现有一个幽灵般的黑影伫立在厨房中央，他吓得魂飞魄散，没来得及后退便仰面摔倒在地板上了。

黑影走过来俯视地板上的兼，开了口："你不是说从来不吃小米饭的吗？"

哇，原来是翟呀！

"你以为我到这里来是为了偷吃那个小米饭呀？你别搞错了，我是来喝水的。"

臭小子的自尊心还挺强，都倒在地板上了，还在嘴硬。然而，兼肚子里传来的咕噜咕噜的叫声没有逃过翟的耳朵。翟面露微笑说道："兼，你听说过什么叫做交利吗？"

"我怎么会知道那样的话？"

"那好，你给我听着。"

翟扶起兼，继续说道："交利就是互相分配利益的意思。你说我们现在为什么每个人都在辛勤劳动？我们劳动并不是为了别人而去做好事，而是为了我们自己。

"只要我们勤勤恳恳地干下去，最后得益的不是别人而是我们自己。你看过自然界的动物们干活吗？它们是不会干活的。像獐子、鹿、鸟儿等动物可以把自己的皮毛当做衣物来防寒，可以把蹄子和爪子当做鞋来保护自己的脚。还有，树林里到处都有水，遍地都是嫩芽和虫子，所以动物们就用不着雄的专门挑水种田，雌的专门织布缝补。

"换句话说，在大自然里，那些动物即使不劳动也不愁吃、不愁穿，靠自然的条件完全能够生存下去。可我们人类和动物不一样，只有辛勤劳动的人才能生存下去。你也应该和这里的所有人一样靠自己的双手去劳动，只有这样才有吃的和穿的。否则，你就会变成专门去偷窃、抢劫别人利益的盗贼和强盗。"

"……"

兼那满不在乎的表情渐渐变得严肃起来了。然而，这个肃然的气氛也只是暂时的。不一会儿，兼的肚子里就不断地传来咕噜咕噜的声音。

　　翟伸手抚摸兼的脑袋笑出声来："嘿嘿，我看你还是先去吃饭吧。只有先填饱了肚子才有力气学兼爱呀、交利之类的东西啊。"

　　从那以后，兼开始与部落里的人接触，也能帮助善珠干一点儿活。但是，江山易改，秉性难移，兼那贵族公子的习性还是没有彻底改过来。

春秋战国时代

在中国古代,周最初因首都定在西部的镐京,所以被称为西周。当首都又向东迁移,定在东部的洛阳后,被称为东周。而东周又可分为前后两个时期,春秋时期是公元前770年至公元前476年,战国时期是公元前475年至公元前221年。

到了春秋战国时代,由于铁制工具大量出现,农业生产有了很大的进步。随着生产力的发展,政治、社会、经济等各个方面都发生了急剧的变化,社会矛盾也随之进一步尖锐起来了。

诸 子 百 家

春秋战国时期,有很多学者在社会各个领域提出自己的观点,对社会变革问题进行了广泛的讨论。史书上称这些学者为"诸子百家"。

诸子百家,顾名思义就是指持有不同观点的众多学者和学派。其中最具代表性的是儒家、墨家、道家、法家。儒家主张治理国家要以德治国（德治），其代表人物是孔子，包括孟子、荀子。墨家主张平等相爱（兼爱），批判人间的等级差别（爱之差别），其代表人物是墨子。道家则主张所有的事情要顺应自然（无为自然），其代表人物是老子，包括列子和庄子。以韩非子为代表的法家主张以法治国。法家与其说是一个学派，不如说是当时崇尚改良主义的一个政治家团体。法家与别的学派最大的不同点在于，别的学派的代表人物都是该学派的创始人，而法家的代表人物韩非子则是法家的后期人物。因为韩非子是集中前人所有观点、最后提出以法治国理论的集大成者，所以他就成了法家的代表人物。

墨家和墨子

墨家是在诸子百家当中与儒家针锋相对的一个学派。虽然后来以老子和庄子为代表的道家深得民心，可在当时，贫苦百姓推崇的学派还是墨家。因为墨家学派的组成人员大部分都是劳动者和农民。据史书记载，墨家的创始人墨子活跃的时间大约是春秋末期至战国初期。目前史学家们认定墨子的家乡为现今山东省滕州，并已着手文物发掘工作。据史学家考证，墨子的姓为墨，名为翟。"墨"本来是指我们书写毛笔字的时候所使用的"墨汁"，而墨子的理想是建立一个共同劳动共同分配的共同体国家，因此，这里的"墨"也可以理解为含有劳动者黝黑的皮肤之意。

拿鸡蛋撞石头

墨子广招弟子宣传自己的观点，同时站在普通劳动者和农民的立场上抨击当时的社会制度。为此，他带领自己的弟子到处游说，宣扬兼爱和平等。墨子游说的目的就是解决国家和百姓之间的利益分配问题。他说："我的观点是有充分的理由的。如果你们抛弃我的观点，不按我的思想做，那就等于是抛弃已经收好的谷物，到谷地里捡拾掉在地上的谷穗一样。如果用别人的话来反驳我的观点，那就等于拿鸡蛋撞石头。如果你们拿所有的鸡蛋去撞石头，被打碎的只能是鸡蛋，而石头仍旧岿然不动。"

差 别 之 爱

儒家说的仁爱，也叫"差别之爱"。这里的"差别"不是指否定意义上的差别，而是指爱也有层次的意思。比如说，在一般情况下，人们首先爱自己的父母兄弟和自己的子女，其次关爱别人，最后关爱其他事物。这就是儒家的差别之爱。简单地说，关爱他人是有先后顺序的。这与墨子主张的兼爱（无差别的爱，平等的爱）是背道而驰的。诸子百家当中儒家和墨家的根本不同点就在这里，儒家的孟子批判墨家，墨家的墨子批判儒家，其争论的焦点也在于此。

反对侵略战争

取人马牛者,其不仁义又甚攘人犬豕鸡豚……
攻国,则弗知非,从而誉之,谓之义。

(牵走人家牛和马的人,其不义的程度超过了偷别人的狗、猪、鸡的人……攻打他国,却不知道是不义,反而称赞它,说是道德的。)

——墨子

1　战争就是偷盗

坐在翟的对面正在看书的兼，突然抬起了头。

"怎么？有看不懂的地方吗？"

兼似乎等这个问话好久了，立刻向翟问道："首领大人，您为什么那么讨厌战争？"

"嘿嘿，看看你这小子问的。难道在这个世上还有喜欢战争的人吗？"

"我在认真问您，首领大人。请您也认真回答我。"

看到兼真挚的目光，翟合上还没有看完的书，说道："兼，这个世界上最坏的事情莫过于战争啊！自己觉得有点实力就进攻别的国家，肆意烧杀抢掠，这就是战争。强盗行为当中最无耻的莫过于战争了，你明白吗？这都是只顾自己利益的利己心和有差别的爱造成的。"

对于战争，翟的态度过于断然，兼有些不好意思提出自己心里的疑问。

沉默片刻后，似乎了解兼心里很郁闷，翟用更加温和的声音说道："兼，杀死一个无辜的人，应该说是杀人犯吧？"

"那当然。"

"那么杀死十个无辜的人，我们只能说他是人间屠夫，对不对？"

"对。"

"可是，这世上还有这样奇怪的事情，发动一场战争杀死数万人的屠夫反倒被人们称为英雄，这该怎么理解呢？"

听到翟的话，兼紧紧地闭上了嘴。

翟继续耐心地向兼解释道："兼，这个世界上最坏的事情莫过于战争啊！闯入别人家的小偷是肯定会受到处罚的，可是侵略别的国家的盗贼反而得到人们的赞美。这是为什么，你能理解吗？山那边的混乱世界就是如此。你是个聪明的孩子，我希望你狠下工夫，一定要学会兼爱，并把兼爱的思想传播到所有人的心里。千万不能依仗权势和力气强行霸占别人的东西，明白吗？"

兼并没有立刻回答翟的问话，而是犹豫片刻之后向翟提出了一个新的问题："您说战争是最坏的事情，那么，别人攻占我们的领土，我们也不能跟他们进行战争吗？"

翟摇了摇头："如果别的国家侵略我们的国家，那就必须阻挡他们。为了扩张领土而攻击没有任何罪过的弱小国家，这是侵略。而弱小国家为反抗别的国家的入侵而抗击侵略者，叫做对入侵者应有的惩罚。"

"所以您才教我们学武术，对吗？"

"没错。我们至少要学会保护自身、保护我们的房屋、保护我们的田地。"

兼再次思索片刻，问道："打仗还分好的和坏的吗？如今我们身处深山老林里，别看我们的这个墨家沟现在很安宁，可是山那边还在进行着战争。为了防御入侵的敌人，我们也必须去杀人。侵略需要杀人，防御也需要杀人。同样都是杀人，可您为什么说侵略和惩罚是不一样呢？"

"如果他们不侵略，我们也就没有必要防御呀。"

翟看着仍沉浸在思索中的兼，继续说道："兼啊，前些日子我曾拜访过齐国的国王。他可是一个侵略过好多好多国家的国王。"

"您见到齐国的国王都说了什么？"

"我问：'尊敬的国王，假如这里有一把刀，为了试验这把刀的好坏，我用这把刀砍了一个人，而且一刀砍下他的头。您说这把刀锋利还是不锋利？'国王立即回答：'锋利。'"

"然后呢？"

"然后我又问：'如果为了试验，我又砍了很多人的头，会怎么样呢？'国王回答：'那应该说是一把非常锋利的刀。'"

翟停顿了一下，看一会儿兼的表情，问兼："兼，我现在问你一句。当然我们可以说那把刀是非常锋利的。但是，砍掉那么多无辜百姓头颅的责任由谁来承担呢？难道是怪刀太锋利？"

兼立刻答道："跟那把刀有什么关系？要说对百姓的性命负责，当然是拿刀的那个人呀。"

"嗯，国王的回答也跟你说的一样。于是，我又说了一句：'那么，侵略别的国家，杀死了那里无辜的平民百姓，这个责任由谁来负呢？是拿刀的军人吗？'"

兼突然扑哧笑了一声。一想到国王在翟的面前说不出话来的那

种尴尬的表情，兼不禁笑出声来了。

"我在极力反对侵略战争，你知道这是为什么吗？"

"听您这么一说，我好像明白为什么要反对侵略战争，可是……可是我还是不能完全理解。"

兼的面孔上掠过了复杂的表情。尽管兼的这一面部表情转瞬即逝，但还是没有逃过翟那锐利的目光。

2 战争的结局：两败俱伤

按照翟的要求，兼要学习武术。学武术跟田间劳作一样是一个苦差事，整天在炎炎烈日下摔打滚爬，弄不好还有可能落得一身伤。刚开始，兼十分厌烦习武，可突然有一天他开始对习武感兴趣了，并比任何人练得都积极。

这一天，长时间的习武结束了，兼已经是满头大汗、气喘吁吁。善珠走过来，把手巾递给兼，说道："公子，我看您最近非常用功习武呀。以前王爷那么逼您用功念书，您还偷懒、逃课。我可是从来没有看您这么用功过。"

"怎么，我用功习武有什么不对吗？"

"啊，没有，没有啊！只是看您那么专心练武，我心里很高兴。"

"你就不要跟我说好听的了。为什么用功习武，我有我自己的主意。其实，我也不愿意吃这个苦。"

"主意？您有什么主意？"

"你就甭打听啦！"

"公子，您不会是为了……不，不是！"

兼在打什么主意，善珠似乎猜到了一点。善珠心里一再祈祷公子习武但愿不是为了自己担心的那件事。

经过几天的苦思冥想，善珠终于来到翟的面前，说出了令自己苦恼的心事。听完善珠的话，翟当天晚上就找兼过去谈话。一来到翟的屋里，兼就感觉到了房间里凝重的气氛。

看到兼站在自己的面前，翟也没有给他让座，而是用冰冷的口气问道："兼，听说你最近练武非常刻苦，对吗？"

"是……那又怎么样？莫非您要给我颁奖？"

"一开始你说练武是军人等下贱人干的行当，练武的时候显得特别消极懒惰，如今为什么这么积极？你是不是改变了什么想法？说给我听听好吗？"

"没有什么想法……只是，只是……我不想输给别的人……"

"仅此而已吗？你是不是想到山那边去参与战争？"

以前别人说一句立刻顶回一句的兼，不知为什么这会儿只是默默不语地站在翟的面前。

"我听善珠说，你想加入战争，去杀死杀害你父母的人，好替你的父母和其他家族成员报仇，这是真的吗？"

兼的脑海里突然浮现出善珠几天前开始愁眉苦脸、坐卧不安的情形。可是，兼不想因此埋怨善珠，反倒觉得善珠替自己把心里的话说出来给翟听，心里踏实多了。很长时间以来，兼一直想找个机会向翟坦率地道出自己的想法，可就是找不到合适的机会，因此心里一直闷闷不乐。

"我，我并不一味地认为战争不好。我想，众多的人一起生活，总是避免不了磕磕碰碰的小摩擦。同样的道理，有这么多的国家并存在这个世界上，也避免不了国与国之间的矛盾，因此也就避免不了战争。从根本上说，人都是利己的，关键时刻谁都会首先考虑自己的利益。谁都想多吃一点儿好吃的，多穿一些好衣服。如果有人先占用了这些东西，别人就理所当然地想抢过来占为己有。战争不就是这么引起的吗？现在战争已经持续了好几年，既然人人都用武力来抢夺别人的东西，那么，我们为什么不用武力去夺回本来就属于我自己的那些东西呢？我的父王生前是个诸侯，我要继承父业，重新建立我的国家，赢得战争，夺回本来属于我的一切，把我的国家建设成富强的王国。"

翟还是第一次听年幼的兼一口气说出这么多话来，心里不禁暗暗吃惊。更令翟感到惊讶的是，这个乳臭未干的小家伙竟然在自己面前主张战争的必要性。

"兼啊，我不知道你所经历的战争是什么样的战争，可你必须记住，任何一场战争都是相当残酷的，要牺牲无数人的性命。战争可不是你们小家伙之间拳来脚往的打斗游戏。侵略者入侵其他的国家，放火烧掉粮谷，肆意毁坏城墙，填平水渠和湖泊，擅自杀戮牲口，挖掘烧毁祖坟，屠杀无辜百姓，抢夺国家宝物……这就是战争。战火烧到的地方就是一个血腥的屠杀场。你以为战争可以使你的国家领土扩大，领土扩大就可以使你的国家富强起来，是不是？但是，这是一个错误的想法。战争一旦发生，蒙受损失的不只是被侵略的弱小国家，就是实施侵略的强国也会蒙受损失。这就叫做两败俱伤。"

一听到两败俱伤，兼的心里不禁震颤了一下。

"为什么？如果一个大国吞并一个小国，那么对大国来说应该有很大的利益呀！"

"呵呵，我看你呀，只知其一，不知其二。我问你，战争为什么经常在春秋两季发生？告诉你，因为夏季太热，冬季太冷，这些季节都不利于作战。所以战争大多发生在春秋两个季节。"

"那又怎么样？季节和战争有什么……"

说到这儿，兼的脑海里突然闪过一个念头。对呀，春秋两个季节不正是农活最忙的时候吗？春天播种，秋天收获。如果在这两个季节发生战争，肯定会严重影响农活，而农活一耽误，百姓自然会缺衣缺粮，不得不挣扎在饥饿的痛苦之中。

翟继续说道："不管是侵略一方，还是被侵略一方，只要在农忙季节发生战争，双方都要蒙受战争的损失。即使是战胜国，也有很多因战争而受伤和死亡的人。一个国家劳动的人口少了，谁来向国家缴纳税金，又有谁来养活那个国家呢？即便是在战争中吞并了小国，领土得到了扩张，但是能够干活的人在战争中死的死，伤的伤，谁来种地呢？所以说，即使是打赢了战争也会蒙受巨大的损失。还有，你也已经亲身体会过了，由于战争而家破人亡、背井离乡，这是多么大的痛苦啊！战争有百害而无一利，一旦战争爆发，交战双方都得不到一丝一毫的利益。"

"……"

"怎么样？我说的，你听懂了吗？"

"听懂了……首领大人的意思是说，真正治理国家的人应该多为自己国家的利益着想。如果不想蒙受损失，就应该想方设法避免战争的爆发，是吗？"

"对啦。任何一场战争都是这样的，不管是胜方，还是败方，都要蒙受巨大的损失。"

"……"

"好啦，今天我们就谈到这里，你也该回去休息了。我再提醒你一句，战争能够使一个国家变得强大的观点是完全错误的。如果你抛弃这个观念，我就允许你继续练武。"

独自站在外面呼吸新鲜空气的兼，突然朝门柱那边大喊了一声："善珠，你以为你藏在柱子后面我就发现不了你呀？还不快给我出来！"

话音刚落，从门柱后面露出了善珠哭丧着的脸。

"快给我过来！"

听到兼严厉的声音，善珠意识到兼已经火冒三丈，今天免不了要挨一顿罚了。善珠垂着脑袋，紧紧依偎在门柱边，等待兼的厉声斥责。

"公子，我错了。奴婢不知天高地厚，竟敢向首领大人告您的状，您能原谅我吗……"

兼缄默无言，这使善珠更加难受，真想哭出声来。只要公子能够消气，她情愿跪在公子脚下求饶。善珠的眼里已经噙满了泪水。

"夜间风大，你不怕着凉呀？快回去睡觉吧！"

善珠正在等候兼霹雳般的吼叫声，可她万万没有想到兼竟用柔和的声音劝自己赶快回去睡觉。她简直不敢相信自己的耳朵，再次望了一眼自己眼前的公子，这绝不是他原本的暴躁脾气。

跟在兼的身后，善珠偷偷看了一眼走在前面的兼。善珠比兼大两岁，因此她每时每刻都像姐姐一样照顾兼。同时，她经常盼望自

己的兼公子早一点长大，成为一个成熟的大男人。然而，今天再看公子，她突然发现公子和以前不一样了，他在不知不觉中长大了，已经透出大男人的气息。善珠的潜意识里忽然感到一种失落：公子长大成人了，也就意味着他离开自己身边的日子不远了。

兼突然停住脚步，转过身来看了善珠一眼。善珠再次慌了手脚，不知所措。

"善珠真是个傻丫头，我要看你伺候我伺候到什么时候。"

"……"

"我在一天天长大，我在学习，在实践，我正在一天天长大成人。你也不要总想着一辈子守候在我的身旁。就像我的个头不知不觉间超过你的个头一样，早晚会有我来守护你的日子。你就耐心地等到那个时候吧。没有我，谁来陪你这个爱哭的傻丫头呢？"

看着傻呆呆地站在原地的善珠，兼扑哧一声笑出来，转过身回自己的屋里了。

哲学放大镜

战争的责任由谁来承担？

墨子所处的时代，强国和弱国的实力十分悬殊，于是强国始终对弱国虎视眈眈，从来没有放弃吞并弱国的野心。

有一次，墨子亲自拜访惯于侵略弱小国家的齐国国王，对他进行了劝说："尊敬的国王，假如这里有一把刀，为了试验这把刀的性能，我用这把刀砍了一个人，而且一刀砍下了一个人头。您说这把刀锋利，还是不锋利？"

国王立即回答："当然锋利。"

"为了试验，我又拿这把刀砍了很多人的头，您觉得怎样？"

国王回答说："那应该说是一把非常锋利的刀。"

"说刀非常锋利这话当然没有过错。但是，砍掉那么多无辜百姓头颅的责任由谁来承担呢？难道要怪这刀太锋利？"

"跟那把刀有什么关系？要说对百姓的性命负责，当然由拿刀的人负责呀。"

"那么，侵略别的国家杀死了那里无辜的平民百姓，这个责任又由谁来承担呢？难道是拿刀的军人吗？"

对此，国王羞得面色通红，一时说不出什么话来。

逻辑的标准

逻辑指的是我们的语言表达规律和思维规律。西方的逻辑学早在古希腊亚里士多德创始形式逻辑时就开始形成，到现代已经有两千多年的历史。而我们东方逻辑学被很多人评价为逻辑不够严谨，而且有很多牵强附会的地方。可是不管怎么样，我们东方人说话、思考还是有自己的一整套逻辑。只不过是由于民族不同，文化和语言也各不相同，逻辑思维也随之不同罢了。

中国的墨子逻辑学从当今的观点上来看，也应该说是非常完美的。《墨子》一书中，几乎所有的对话都体现了逻辑思维的三个标准。尤其书中一再强调的有关国家和百姓利益的观点，与当今的实用主义观点是非常相似的。

三

兼，阻止战争

治于神者,众人不知其功;争于明者,众人知之。

（无形中建立神奇功绩的人，大家都不知道他的功劳；表面上做了一些事情、斤斤计较声名的人，大家反倒知道他是谁。）

——墨子

1 兼的楚国之行

墨子的部落迎来了深秋季节。秋收结束后，部落里的人们按照翟的指示，动手将收获的谷物和晒干的鱼片一一储藏起来。善珠和兼也和其他人一样不分昼夜地忙碌起来。可一连好几天，翟都没有露面，一直待在房间里研究着什么。兼和善珠好生纳闷，真想到翟的房间里看个究竟，可他们怕打搅翟的工作，最后还是没有去翟的房间。

"首领大人已经有三天没有出来与我们见面了，真不知道他在干什么？"

"是啊，我也弄不明白……"

"我记得上一回宋国有一个信使来找首领大人，首领大人是不是在研究他捎来的那个消息……"

"你是说，楚国要向宋国发动一场侵略战争的那个消息吗？"

"对，首领大人八成是准备去宋国一趟。"

听到这话，善珠一下子傻眼了。翟要出门，必定要到战火纷飞的危险地方去，更要命的是他一出门，肯定会带着兼一起去的。这

不能不叫善珠担忧。

正在善珠为兼的安危焦虑不安的时候，兼却在思考另一个问题：首领到底要采取什么办法去阻挡楚国对宋国的侵略战争呢？

"公子……"

善珠柔声和气地喊了一声兼。

"什么事？"

"公子，我听说楚国国王是一个性情暴躁的人，而且又是一个战争狂。更何况楚国国王的身边还有一个名叫公输般的著名军师，所以想战胜楚国比摘取天上的星星还要难。"

"是啊，我也听说过。"

"如果首领大人出门，公子您也要跟他一起走吗？"

"是啊，我倒是很想跟他一起去，可这是首领大人的事情，去不去由不得我。如果我有碍于他的旅行，那我就不能去了。"

"我，我……真希望首领大人不要带着您一起去。"

兼用温和的目光望着善珠说道："善珠。"

"是。"

"你和我是不是首领大人一手调教出来的？"

"是。"

"你接受首领大人的教导后有什么感受？"

"我，我……说不清楚我的感受，我只是觉得首领大人是一个好人，还有只要我们按照首领大人说的去做，这个世界一定会变得幸福……"

"你说得很对。那么，我们只是在心里想首领大人很英明就可以啦？"

"不是……"

"我当然也很喜欢待在部落里，与这里的人们一起种地、制作手工品，可我更想给大山那边的人传授首领大人教给我们的好思想。我在城里的时候也曾听过别的学者的理论，他们的理论当然也是很好的，可是，依我看首领大人的思想是一门最适合于我们这个世界的学问。我很想把这个好思想告诉世上的所有人，尤其是那些挑起战争的王公贵族和战乱中饱受痛苦的百姓们。我想这才是报答首领大人和部落里所有人的最好办法。"

善珠无言以对，低下了头。

就像那天晚上兼给善珠讲的一样，兼真的一夜之间长成了一个大男人。善珠心里喜忧参半，可她在兼的面前并没有任何表露。

第二天，兼也从人们的视线中消失了。一天过去了，又一天过去了，善珠和其他人还是没见到兼的身影。兼也没有和翟待在一个房间里，那么兼到底在干什么呢？人们对兼的行为疑惑不已。第三天，兼走出自己的房间，来到了翟的房间。

"你有什么事吗？"

"首领大人，你是不是正打算要去楚国一趟？"

"你问这个干什么？"

"你想出什么好方法了吗？"

"呵呵，这意思是说你有什么妙招？"

"有，可我不能告诉你。"

"为什么？"

"如果你答应带我一起去楚国，我就告诉你。"

"什么？"

"我想用我的方法去劝阻楚国国王和公输般。我的方法也许能阻挡楚国的侵略战争，请你答应我吧！"

"你也想去楚国？不行，我不能答应你。"

"为什么，为什么不能答应？"

兼动不动就顶嘴的老毛病又犯了，翟看着兼笑出声来。

"呵呵，看你这调皮劲儿，我好像又看见当初死皮赖脸的那个兼了，当时你还是个又傲慢又耍赖的毛孩子。"

"我已经长大了，也不是个不懂事的小孩子了。首领大人，你还是答应我吧！"

"你也知道楚国是一个强大的国家。一个大国的国王能不能按我个人的意见放弃发动侵略战争的念头，还是个未知数。也许他不仅不听我的劝告，反而一气之下把我关起来，或者把我杀掉。还有公输般这个人，你也知道他是个头脑精明、心狠手辣的战略家。他是一个最危险的人物，也许我还来不及说什么，他就先下手为强，把我弄进他的陷阱里。因此，此次楚国之行，凶多吉少，前途未卜啊！"

"正因为如此，我才提出跟你一起去楚国。我有一个好主意，能制服他们。"

"是吗？那你就说给我听一听。"

于是，兼连夜向翟讲述了自己研究出的防御作战计划。部落里的人都在纳闷，兼讲给部落首领的方法到底是什么呢？翟能不能接受兼的防御作战计划？翟会不会答应兼跟他一起去楚国？

善珠已经度过了好几个不眠之夜。她最担心的是哪一天早晨起来，兼突然不见了，而且此去再也回不到自己的身边……

　　这一天凌晨，为兼的安危担心又是一夜没睡好的善珠走出了自己的房间。她突然发现她最不希望看到的一幕发生了，兼正身背行装等候在翟的门口。此时，翟的门口已经聚了不少前来送行的人。

　　"公子……"

　　善珠箭步上前，一把抓住了兼的衣襟。

　　"你干吗起这么早呢？还是回去多睡一会儿吧。"

　　"你到底还是要跟首领大人一起上路？"

　　"嗯，首领大人答应了。"

　　兼的脸上露出了欣慰的笑意。

　　"……那么，请公子多多保重，还有首领大人……"

　　"善珠呀，"这时，翟从房间里走出来，亲切地叫了一声善珠，"这次我要带走你的兼公子，你是不是很讨厌我呀？"

　　"哎呀，是首领大人……"

　　善珠的脸顿时羞红了，前来为翟送别的人见状都大笑起来。善珠害羞得来不及跟兼道别，慌忙跑回了自己的房间。

　　然而，欢乐的气氛转瞬而逝，当翟和兼骑上马，人们的表情顿时凝重起来。大家都知道此行凶多吉少，自己的部落首领到底能不能活着回来，谁都不敢保证。

　　"请首领大人多多保重。一路平安，二位大人！"

　　"兼公子，你要好好照顾首领大人呀！"

　　翟和兼与大家挥手告别之后，扬鞭策马直奔楚国去了。

　　善珠独自站在自己的房间门口，望着兼远去的背影，眼里噙满了泪水。

2 不允许发动侵略战争！

翟、兼二人骑马到楚国，共花了十天时间。楚国果然是一个面积辽阔、实力雄厚的国家。兼一直生活在小国和小部落里，这一次来到楚国看见这么多的人和这么雄伟的城郭，心里赞叹不已。但是，有一点却让兼感到不可思议，楚国拥有这么辽阔的土地和这么多的百姓，为什么还要侵略宋国呢？看来，楚国国王是个贪得无厌的家伙。

按照兼的计划，翟、兼二人先去拜见了公输般。公输般既是一个很出色的军师，又是一个很有名的兵器制造技师。他住的宅院也非常豪华，就连以前兼的父亲住过的王府也根本无法与之相比。

"听说很多强国在发动对弱小国家的侵略战争之前，总是要先找这个公输般征求意见。"

"他们强盛起来，是不是靠出售兵器和给发动侵略战争的国家出谋划策呢？真是无耻的家伙，挣的全是不义之财。"

兼望着豪华的宫殿气愤地说道。

到了城门，两个士兵上前拦住了他们二人的去路。

"你们二位有何贵干？"

"我叫翟，前来拜见公输般大人。"

"什么，翟？"

"对，只要你去禀报有个姓墨的黑脸客人前来拜见公输大人，公输大人自然会知道的。"

"请稍等。"

没过一会儿，士兵重新出现在翟、兼二人的面前。

士兵向翟恭恭敬敬地行礼之后，说道："大人在里面等候，二位大人往里请。"

进到宫殿的里面一看，比在外面看见的还要豪华气派，跟部落里的翟的房间简直有天壤之别。两个人走过一段长长的走廊，最后来到了一个宽敞明亮的房间。

只见房间的正中，公输般端端正正地坐在椅子上。他个头虽然不高，但精神饱满，两眼炯炯有神，一看就是一个不同寻常的人物。

"欢迎您的到来，墨子先生。您一路上受苦了。"

在别的国家，翟经常被尊称为墨子先生。

"很高兴见到公输大人。这是我的弟子，名叫兼。"

兼默不做声，只是轻轻地点了点头。他不想给公输般之类的人行大礼。

"不辞辛苦、长途跋涉地来到这里，我想您二位肯定有什么要紧的事情吧？"

"您猜不出我来拜见您的原因吗？"

"我猜不出来。"

其实公输般心里早已知道翟此行的目的，可他佯装不知。

"好一个狡猾的狐狸！"

兼在心里暗自骂了一声眼前的这个狗头军师。

可是翟却不愠不火，始终面带笑容，泰然自若地说道："其实我来拜见公输大人是有一件事情相求。"

"求我？墨子先生怎么会求我办事呢？您有什么事情要求我办呢？"

"说来有点儿惭愧。其实，北方有一个人辱骂我，我想求公输大人出面替我除掉那个人。当然，我会给您付足够的报酬的。"

"您这是什么话呀，墨子先生……"

公输般在椅子上换一个姿势，瞪大眼睛看着眼前的翟和兼二人。他根本没有想到从墨子先生的嘴里会说出这样的话来。

"嘿嘿，您不是开玩笑吧？我公输般可是个道义之人，从来没有杀过人啊！"

见时机已到，翟立刻上前一步说道："是吗？杀死一个人是不道义的，必定犯上一条死罪。如果按照这种说法类推，杀死十个人就是十倍的不道义，必定犯上十条死罪；杀死一百个人就是一百倍的不道义，必定犯上一百条死罪。我听说您正在制造云梯，想侵略弱小的宋国。请问宋国百姓犯了什么罪，使您要侵略他们？你们楚国作为一个大国肆意挑起战争，去屠杀宋国无辜的平民百姓是道义的事情吗？您说杀人是不道义的事情，可您为什么要发动不道义的侵略战争呢？"

"……"

公输般无言以对，缄口不语。

实际上，翟的话句句属实。尽管公输般没有亲自杀过人，可他制造出来的兵器和他策划出来的战争计划，已经使得成千上万的无

辜百姓失去了性命。

一阵沉默之后，公输般开了口："听墨子先生的话，的确言之有理。可是，楚王已经做好了战争准备，恐怕我也无法去阻止战争的爆发。我听说你们墨家部落都是守规矩、守诺言的人。实际上，我同样也是一个本分的人，我不能违背对楚王许下的诺言。"

"那么好，我想亲自向楚王进言，请您设法让我见一见他。"

"您这是真心话吗？后果你担当得起吗？"

"所有后果，我一人承担！"翟郑重地说。

就这样，翟和兼与公输般一起去见楚王了。

在楚国王宫里，大臣和将军们早已聚集在一起等候翟的到来。此次进王宫，很有可能是有去无回，想到这儿，兼的脊背顿时一阵阵发寒。

见到楚王，兼才知道原来善珠对楚王的描述是错的。楚王并不是凶神恶煞、性情暴躁的人，而是慈眉善目、温文尔雅的。

"来吧，墨子先生，欢迎您到我们楚国来。我早已听说了先生的大名。"

"能得到您的欢迎，我不胜荣幸。这个孩子是我的弟子，名叫兼。"

"兼？是兼爱的兼？好啊，就连弟子的名字也反映了老师的意志。墨子先生经常挂在嘴边的话就是兼爱，我说得没错吧？"

一听楚王也知道首领大人的兼爱，兼感到十分欣喜。翟早已是兼最尊敬的导师，如今经别国的国王这么一夸，兼更觉得翟是这世上最伟大的导师。此时此刻，兼更加深切地意识到自己与翟共事是多么骄傲的事情。

"哈哈哈，陛下说对了。他小时候是个调皮鬼，无礼、放肆、固执，可现在越来越懂事了，真的是一个名副其实的好弟子。可见兼这个名字确实对他的成长有很大的影响。"

兼的脸一下子变红了。以前不讲礼貌是不假，可不至于在众人面前说我的过去呀，这多让人难为情？兼撅着嘴瞅了一眼翟。翟看着兼的表情，脸上露出了笑意。

"这可真是很有趣的事情呀。您的弟子长得非常俊秀，白皙的脸庞，清澈的眼睛，看起来是一个贵族子弟。和您弟子白皙的皮肤相比，墨子先生的面孔显得过于黑了。据我所知，您叫墨子就是因为您的脸色像墨汁一样黑，是这么回事吗？"

"呵呵，还是陛下目光敏锐。只要看一眼就能知道这个孩子的出身。"

兼心里明白，翟只是在表面装出笑脸，实际上心里正在准备一场舌战。

翟终于说出了自己此行的目的。

"陛下说得很正确，这个孩子本来是个诸侯的儿子，可在战争中失去了父亲和母亲，也失去了自己的家园。我是两年前收留了这个无家可归的孩子。"

兼想到了自己和翟第一次见面时的情景。如果当时兼没有遇上翟，也许早已饿死了，也许在寒冷的野外冻死了。因战争而成为无依无靠的孤儿的，不仅仅是兼一个人。兼在流浪的那一段时间里看到了很多与自己一样的孤儿。翟向楚王说的就是自己看到的那些事情。

"除了这个孩子，由于战争失去父母而成为孤儿的孩子，在我们的部落里大有人在。其中也有不少战乱中失去胳膊或腿的残疾孤儿。"

"哦……"

翟想要说什么，楚王也已经猜出几分，便闭上了嘴。

沉默了一会儿，翟重新开口道："陛下，容我向陛下进一言可以吗？"

"请讲。"

"自己拥有很多好东西，可还要抢占别人的东西，这是一种什么行为呢？"

"那是强盗行为。他们总是这山望着那山高，没有满足的时候。"楚王回答道。

"恕我直言，贵国要攻占宋国，依我看正是同样的行为。我相信贵国凭借强大的实力有可能打赢这场战争。但是，尽管贵国打赢战争，作为一国国君的陛下难免听到人们称呼您为'盗贼王'的责难。再说，如果我们墨家部落帮助宋国迎战贵国，贵国也很难打赢这场战争。"

翟说的话铿锵有力。兼唯恐楚王大发雷霆，手心里暗暗捏了一把冷汗。兼用胳膊肘偷偷地捅了一下翟的腰。

"首领大人，请您说话婉转一些。这里可是敌人的巢穴呀！"

"呵呵，看你这小子。我到这里来的目的是什么你还不知道？我为什么不能直说呢？"

"到这里来的不是你一个人，还有我呢！"

"哦，你这个毛孩子还不只是为自己的主子着想呢？"

楚国国王打断了两个人的对话。

尽管翟向楚王慷慨陈词，可楚王却泰然自若，自信十足地说："看来墨子先生很会开玩笑啊。墨子先生，我们有最先进的兵器云梯，这是杰出的兵器师公输般研制出来的。据我所知，墨子先生练兵的目的主要是为了防御。不过，我想你们的防御再出色，恐怕在我们先进的兵器面前也无能为力吧？"

兼的脸上掠过一丝笑意。机会终于来了，轮到兼使出绝招了。这个绝招可是兼把自己关在屋子里三天三夜苦思冥想研究出来的。

"贵国可能赢吗？"翟笑着问。

楚国国王继续说道："当然可能。你们这是拿鸡蛋去撞石头，不自量力。"

"那好，陛下的话能不能变成现实，我们拭目以待吧！"

翟点一下头向兼示意，兼领会翟的意思，一个箭步向前，站在了楚国国王面前。

"请国王陛下答应我一个请求，就让我的弟子和您的军师公输般先生做一次模拟作战演习吧。"

楚国国王发出了轻狂的笑声，一个乳臭未干的毛孩子怎能与赫赫有名的大军师公输般较量？

楚王边笑边问兼："你的名字叫兼，对吧？"

"是。"

"你真的想跟我的军师一比高低？"

"我来试试看。"

"好哇，那你就拿出吃奶的力气跟公输般比试一下吧！"楚王用十分藐视的口气说道。

3   公输般 vs 兼

看到楚王点头允许，兼让楚王的仆人用木板临时搭起一个台子来。宫殿里所有的大臣和将军们都用诧异的目光看着兼的一举一动。

兼走近台子，拿出了从部落里带来的防御器械。那是由兼设计、心灵手巧的翟亲手用木料制作的防御器械模型。

"好啦。公输般先生，请你开始进攻吧！"

公输般在一旁看着兼摆好兵布好阵之后，命令部下搬来自己亲自设计的兵器。部下搬来的也是缩小了的云梯模型。

公输般围绕着兼的"城池"开始发动了攻击。公输般的云梯是既能折叠又能伸展的长长的梯子。由于这种梯子很高，好像爬进了云层里一样，所以给这个兵器起名叫云梯，梯子的长度还可以自由调节。有了这种云梯，城墙再高，士兵们都可以爬进并攻到城墙里面去。

兼设计的是利用滑轮原理制作的一种防御兵器。这是专门为了对付公输般的云梯而设计的。滑轮中间用绳子系上一根铁柱，然后将铁柱使劲儿往上拉，挂在滑轮上方的支撑架上，只要拉一下系在支撑架上的绳子，巨大的铁柱就往城墙墙脚坠下。铁柱坠落时的力量非常大，铁柱坠落一回就可以砸碎公输般的一个云梯。再说，这种兵器是利用滑轮原理制作的，使用起来既快速也不用太费劲，可以大大节省士兵的体力。

公输般又是折叠又是伸展，反复调整了云梯的高度，可就是抵挡不过兼的防御兵器。公输般已经换了好几回云梯模型，可每次都被兼的铁柱"炮弹"砸得粉碎，根本攻不到城墙里面。

在一旁观摩模拟作战的人，除了翟以外都是楚国的大臣和将领。看到兼的防御兵器和防御战术，他们叹为观止，都竖起了拇指。号称天下第一兵器师的公输般在年幼的兼面前无计可施，周围的人们开始轻声地议论起来。

"竟然被一个小娃娃打得晕头转向，看来公输般也只不过是徒有虚名罢了。"

"小娃娃真是不一般呀！你看他，在国王和公输般面前毫不畏惧，像是在玩儿童游戏一样。"

看到身旁的大多数人已经认定公输般的失败，楚王也不得不承认公输般的失败。

"好啦，模拟作战结束。嘿嘿，真是人不可貌相，看来这个小家伙果然是个不同寻常的神童呀！"

楚王虽然面带微笑夸奖兼的机智和作战能力，可他却藏不住自己羞红了的面色。

公输般看到楚王的脸色由红变紫，由紫变白，便慌忙走上前解释道："陛下，别看我在模拟作战中失利，可这毕竟是模拟的战场。

到了使用真刀真枪的时候，我肯定会战胜这个小娃娃。臣向陛下发誓，请陛下尽管相信臣就是！"

周围的人再次议论起来了。

"这就对啦，还是公输般呀。虽然今天失利，可他不可能没有其他办法的。"

"当然喽。我们打仗，从来都是使用公输般制作的兵器，我们可从来没有输过。我们的公输般决不会在战场上输给乳臭未干的毛孩子。"

楚王的脸上也重新浮现出兴奋的表情。

"那好，你说你有什么好方法？"

"在这里还不能告诉您。等等，我到您的身边再说吧。"

说着，公输般走到楚国国王身边，咬着国王的耳朵说起了悄悄话。

宫殿里的气氛一下子紧张起来了，人们都屏气凝神注视国王的表情，可最紧张的还数兼。

"费尽心机制作了对付公输般云梯的兵器，可这会儿姓公输的又说有什么好方法。这个狡猾的狐狸到底打的是什么主意呢？"

兼用焦虑的目光看着翟，似乎想从翟的眼光里得到攻破敌人阴谋的妙计。可是，翟却面无表情，只是静静地站在那里。

兼实在难以忍受窒息般的沉默，用手指头戳了一下翟的腰，细声问道："有什么办法吗？"

"你小子就别再戳我了，刚才你已经戳过一回，这次又来了！我的腰又不是沙袋子，你干吗总捅它呢？"

"你到底有没有什么方法？你在想什么呢？"

"什么都不想。"

翟耸一下肩膀，笑着回答道。

"唉，真要命！"

现在只好等待楚王的发话。兼的心情十分焦虑，嗓子眼儿都要冒烟了。

听完公输般的耳语，楚王开口道："听公输般的话，打赢这一场战争，我们也不是一点办法也没有。"

"是吗？公输般不愧是出色的战略家呀！"

翟一语双关地说道。

"嘿嘿，墨子先生你是不是想要抛弃原来的想法呀？"

翟挺起胸脯说道："可是，公输般的任何一个战略，我都能对付得了。这一点对公输般来说，不能不说是一个遗憾。"

"你连我的计划是什么都不知道，凭什么断言能够对付我？"

公输般恼羞成怒地大声说道。

"不要激动，公输先生。"翟满不在乎地说。

看到翟胸有成竹，兼多少有点放心了。因为兼了解翟的人品，没有十分把握，翟是不会信口说出不负责任的话的。

"墨子先生是如何知道公输般的计谋的？我看你很自信呀。"楚王问道。

"公输般的计谋无非就是杀死我们两个人。他认为只要干掉我们两个人，我们的防御兵器和防御战术就一夜之间化为乌有。"

"这怎么会呢？"

周围的人细声议论起来了。此时，兼什么也听不见，一想到楚王完全可能杀死翟和自己，他浑身的汗毛都竖起来了。在生死关头，兼的眼前浮现出了正在等待自己的善珠的面孔。

"如果我死了，善珠该多么伤心啊！善珠只依赖我一个人，如果我不在，她能好好地生活下去吗？当初就应该听善珠的劝告，不应该来这里，我应该留在部落里陪着善珠呀！"

兼现在十分后悔，可事到如今后悔也没用了。

"不行，不能叫他们的阴谋得逞，也不能这样死在他们的手下。要打起精神，想办法逃出这个宫殿。"

似乎猜中了兼的心思，楚王看着翟问道："好，算你猜中了。可是，你认为你们两个人能够活着离开我的宫殿吗？你有什么好办法逃离这个地方？"

宫殿里所有的人都看着翟和兼。周围的气氛十分紧张，两个人的生命危在旦夕。兼紧紧地闭上眼睛，心里一再祈祷老天保佑。

"这是你们的地盘，你们这里三步一岗、五步一哨，戒备森严，我怎么能逃出去呢？"

听到翟的回答声，兼只觉得自己坠入了万丈深渊。

"可是，你们就算杀死我和兼也无济于事。只要战争一旦打起来，你们楚国必输无疑。"

"这又是什么意思？"

"不瞒陛下，我来这里之前，已经在宋国城郭安顿了三百名弟子。他们已经带着我们的防御兵器正等候着你们的到来。所以，即便你们杀死我和兼，结局丝毫不会改变。"

"哇，原来是这样！首领怎么事先没有告诉我呢？"

兼睁大了眼睛。兼的心里最清楚，自己设计的这个战术和防御兵器，除了自己和翟以外不可能有第三个人知道。可是翟竟然说已经安排了三百人带着防御兵器驻扎在宋国城郭,这到底是怎么回事呢？

"不管怎么样，还是首领大人明察秋毫啊！"

　　兼的脸上终于露出了会心的微笑。现在翟已经向对方说清了事情的结局，只等楚王的回应了。楚王的回应是什么呢？如果楚王一气之下命令部下处死翟和兼，他们也毫无办法，只有束手待毙。

　　"呵呵呵，看起来，我的军师再高明也斗不过墨子先生呀！墨子先生竟然看透公输般想出的最后一个拙劣的招法，佩服。你不愧是一位优秀的学者，也是智勇双全的战略家。现在我决定派人护送你们出城，同时向全国宣布取消进攻宋国的计划。"

　　哇哈！没想到楚王如此轻易地宣告取消战争计划。如果没有翟和兼周密的谋划和大胆的作战方案，楚王会取消对宋国的侵略吗？

4 首领大人的才智

翟和兼在楚国国王的盛情邀请之下，在楚国王宫多待了几天。好久没有享受过王宫生活了，兼感到非常不方便，真想早一点回到善珠的身边去。

兼原本是贵族出身，从小就习惯于过奢侈豪华的生活。由于战争，他失去父母，背井离乡，最后被翟收留，来到翟的部落里。在翟的部落，曾有一段时间他还忘不了绫罗绸缎、山珍海味以及美妙的音乐等奢侈的宫廷生活。可如今过惯了部落生活，兼反倒对宫廷生活有点不适应了。几天来，尽管天天过着花天酒地、醉生梦死的日子，可兼的心情并没有开朗起来。

这一天，兼察言观色地问了翟一句："首领大人，这里的生活，您是不是觉得不太舒服？"

翟没有立刻回答兼的提问，反而问兼："你呢？你觉得这个地方好吗？"

"说句心里话，我的感觉还可以……"

兼的回答很含糊。

翟又问道："兼，你知道贵族和王室的这种奢侈生活，都是怎么来的吗？"

兼的表情一下子严肃起来了。

兼一字一顿地说："都是百姓辛勤劳动的成果，是全国的所有百姓向国家缴纳的税金。"

"对，你已经懂得不少啦！贵族享用的所有的东西，包括马车、宫殿都是从百姓那里征缴的。贵族的日子越奢侈，百姓的日子就越难过，这是什么世道啊！"

听着翟的话，兼连连点头。

"这么说，我们在这里吃的、喝的实际上都是百姓的血汗了？不行，我们不能在这里继续待下去了。走，我们马上回去，回到我们的部落去。"

翟露出了满意的笑容。看到自己的弟子能够正确理解自己的意思，而且步步紧跟在自己的身边，翟已经心满意足了，他对兼的期盼也如愿以偿了。

"看你这小子，总是这么急。明天动身也可以嘛，非要今天出发不可？"

突然，从兼的嘴里冒出了一句令人意想不到的话："其实呀，我还担心善珠呢。她不是一个爱哭的丫头吗？只要我不在她的身边，她就天天以泪洗面。我想早点回去安慰她。"

"嗬，原来我们的兼公子还有这份心思呢？"

"说句心里话，总跟首领大人在一起，我觉得没有多大的意思。还是跟善珠一起玩有意思，我既能逗她哭，也能逗她笑……"

翟伸出手抚摸着兼的头，大声笑了起来。

第二天早晨，翟和兼在楚国国王的欢送中离开王宫，踏上了返程的路。一路上，兼在反复琢磨：那天首领大人跟楚国国王说过，自己在出发之前已经向宋国派出了三百名士兵。如果是这样，说明目前部落里没剩下多少人。战争计划虽然解除了，可他们路途遥远，这一会儿不一定能回到部落里呢。

翻过一座又一座山，跨过一条又一条河，他们终于到达了部落的山脚下。远远地望见部落，兼的心开始剧烈地跳起来了。出乎兼的意料，部落的入口处已经有很多的人聚集在一起，等待着他们的到来。

"哇，首领大人回来啦。首领大人回到部落啦！"

翟和兼顿时被部落里的人们包围了。兼在嘈杂的人群中寻找善珠的影子。突然，兼在远处的木桩后面看见了善珠的裙子一角。这个傻丫头，怕被人看见也不敢到入口处来迎接自己的公子，只好躲在木桩后面看着公子回来……

兼扑哧一笑，喊道："傻丫头善珠，别躲了，我看见你的裙子啦！"

善珠这才从木桩后面探出头来。

"公子！"

"喂，傻丫头善珠，你又哭啦？"

"不哭，我为什么要哭呢？公子你为什么一见面就拿我开心？我可是天天为你担心呢。"

"担什么心？我这不是好好的回来了吗？"

"是的，可是你们这一去，一直没有消息，可把我担心坏了……"

这时，翟来到他们的旁边，说道："善珠，我可知道你一点儿也没有担心我，只是担心兼一个人，我说得对不对啊？"

"首领大人，您看您说的……"

"哈哈哈……"

"可是，善珠呀，这是怎么回事？首领大人说他已经往宋国派出了三百名士兵，可为什么部落里还是这么多人呢？"

"啊？你在说什么呀，什么三百名士兵？我还从来没听说过呀！部落里的所有男人都在忙着秋收，今年的收成特别好，他们忙得连喝一口水的时间都没有啊！"

"啊？这又是怎么回事？首领大人在楚国国王面前明明说过，他已经向宋国派去了三百名弟子，以保护宋国的城郭呀。"

兼用疑惑不解的表情朝翟那边看去。只见翟正在接受人们的欢迎礼，根本无暇顾及兼和善珠这边。

兼悄悄地来到翟的身旁，轻声耳语道："首领大人，在楚国国王面前你是不是说过已经往宋国派去了三百名弟子？"

翟也轻声地回答道："当然说过。可是，你也不想一想我们部落里总共才有多少人，我们哪有那么多的男人去参加战争呀？再说，现在还是秋收农忙的季节。我那句话是一句谎话，没想到你小子也跟着楚国国王一起上当了。是啊，在你面前撒谎是不太好，不过，不正是因为那一句谎话才把我们的性命给保住了吗？不仅如此，我们还受到了楚王的盛情款待呢，哈哈哈！"

兼这才弄明白了，原来首领大人是跟楚王说了一个小小的谎言啊！兼用崇敬的目光再次望了一眼翟。此时，兼在心里又在思考下一步打算。

翟和兼在人们的簇拥下走进部落里。

"公子，公子！"

传来了善珠的呼喊声。兼从沉思中醒过来，猛然抬起头。

"公子，你在想什么呢？"

"啊，没有啊，我没想什么。"

"公子，楚国后来怎么样了？你们到了那里以后，都发生过什么事情？"

善珠用亮晶晶的眼睛望着兼。兼一把抓住了善珠的手。善珠一开始愣了一下，继而害羞地低下了头。

"走，善珠，回到家里我给你讲一讲你想听的所有的故事。"

"真的吗，公子？"

"嗯，你想听什么，我就给你讲什么。"

"哇，太棒了！"

看着像小兔子似的欢蹦乱跳的善珠，兼的脸上悄然露出了欣慰的微笑。

兼重新陷入了沉思默想，他预感新的征程即将展现在自己的面前，这是一个令他既兴奋又伤感的预感。

奢侈和浪费的起源

在古代，王公贵族的奢侈是当时的百姓望尘莫及的。尤其在古朝鲜的新罗时代，贵族的奢侈生活已经到了令人咂舌的程度。当时，王室的贵族们从中国和阿拉伯购入大量的奢侈品，供自己享用。这些奢侈品包括绸缎、地毯、玻璃器皿、贵金属，还有来自阿拉伯的香料和来自东南亚的龟甲装饰品、绿宝石等。他们就连穿戴也使用唐朝的流行服装，有些物品还需要奴婢们给他们制作。

眼下，很多现代人动不动就购买和使用所谓的"名牌"产品。名牌顾名思义就是因为它的品质比其他产品优越，才给它"有名的产品"的称号。然而，不知什么时候开始，这个"名牌"却成了高级进口产品或者昂贵奢侈品的代名词。

墨子在提倡勤俭节约的同时，还猛烈抨击了贵族们奢侈腐化的生活。当时，贵族们不仅在衣食住上奢侈浪费，而且还享受豪华音乐、豪华交通工具等。不用说这些奢侈品都来自百姓的血汗。百姓用自己的血汗来养活贵族，而贵族的生活越是豪华奢侈，百姓的日子则越是艰难困苦。这种巨大的反差给当时社会带来了极其恶劣的影响。

有备无患的精神

春秋时期，晋悼公当了国君以后，想重振晋国的威名，称霸诸侯。这时，与晋国相邻的郑国一会儿和晋国结盟，一会儿又归顺楚国。晋悼公很生气，结集宋、鲁、卫、刘等十一国的军队出兵进攻郑国。郑国一看局势不妙，随即给晋国送去大批礼物，以此讨好晋国。晋悼公见此很高兴，把这些礼物的一半赏赐给自己的部下司马魏绛，说："魏绛，是你劝我跟戎、狄和好，又安定了中原各国。郑国送来这么多礼物，让我和你同享吧！"司马魏绛则说："居安思危，思则有备，有备无患。"（在安定的时候，要想到未来可能会发生的危险；您想到了，就会有所准备，有所准备，就不会发生祸患。）这就是"有备无患"典故的由来。

墨子主张为了应付因自然灾害和强国的侵略而导致的饥饿，必须从平时开始减少不必要的浪费。

他认为："故备者，国之重也；食者，国之宝也；兵者，国之爪也；城者，国之守也。此三者，国之具也。"（防备是国家最重要的大事；粮食是国家的至宝；武器是保卫国家的工具；城池是用来自卫防御的依托。这三件是治理国家的重要器具。）

饥饿儿童的问题

随着现代文明和科学技术的发展，我们人类正在过着前所未有的富裕生活。然而，在世界范围内，作为人类生存的最基本条件——温饱问题还没有得到彻底的解决。在当今世界上，还有很多人因为缺粮而在饥饿中苦苦挣扎。不用说因饥饿和内战而千疮百孔的遥远的非洲国家，就是我们附近的一些国家也存在着严重的儿童饥饿问题。每当遇到经济危机的时候，就连一些发展中国家也有不少儿童吃不上饱饭。饥饿儿童问题并不是某一个国家的问题。在全世界六十亿人口中，每七人当中就有一名，也就是说一共大概有八亿四千万人受到饥饿与营养不良的威胁。他们大部分人相对集中在南部非洲和非洲的撒哈拉沙漠以南的国家和地区。反观韩国人吃不完丢掉的饮食垃圾平均每天高达一万两千多吨，相当于一千四百多卡车垃圾；而一年的饮食垃圾总量为四百一十万吨，如果换算成美圆则高达一亿多美圆。

可以说，墨子提出的奢侈和浪费问题，并不仅仅是古代存在的问题。

墨家的命运

春秋战国时代与儒家对垒的墨家最后怎么样了呢？如果

先说结论的话，墨家哲学尽管在战国时代得到了许多百姓的支持，但是自从秦始皇统一中国之后却急剧没落，一直到清朝都没有引起人们的关注。墨家思想之所以被冷落，主要原因还在于其自身的局限性。那么，墨家思想为什么在当时那么活跃呢？在春秋战国时期，没有一个统一的法度，各个诸侯国各行其是，技师们制作的武器等物品也可以随意提供给别的诸侯国。这就为墨家的兼爱、反战思想的普及提供了一个有利条件。可是，当天下被秦始皇统一之后，统一的封建王国并没有接受类似墨家这样的单个学派的主张。就这样，墨家集团分裂为好几个学派，最终退出了历史舞台。

墨家的兼爱思想和反战主张，其核心内容是反对既得利益者，维护百姓利益，平等关爱，利益均分。尤其是关爱、平等、利益均分的思想，可以说在当今社会仍具有深远的影响。

尾声

——让兼爱的思想变成弓箭射向人间

"首领大人，您睡着了吗？"

兼站在翟的房间门口轻声问道。翟的房间彻夜亮着灯。门被打开了，里面传来翟的声音。

"这么晚了还有什么事？今天累了一天，你怎么还不休息？"

"我有话想跟您谈谈。"

翟盯着兼严肃的面孔，过了许久，最后点了一下头："进来吧。"

兼坐在翟的正对面。翟抬起头来问兼："你有什么话要说吗？"

"首领大人，我想聆听您最后的教诲。"

"什么？最后的教诲？"

翟自言自语道。

"首领大人，您看我能实现您讲了一辈子的那个兼爱吗？我自己觉得还不够自信。"

翟轻声地问："兼，你还记得我们两个人初次相遇的那个情景吗？"

"是，记得。"

"当时你是一个什么样的孩子呢？"

"没有礼貌，傲气又放肆，是根本不懂兼爱的一个……"

"那，现在呢？"

"现在也不怎么明白。我在你这里用很长一段时间学习了兼爱哲学，现在我想弄明白兼爱的真正含义。"

听到兼谦虚的言语，翟露出了欣慰的笑容。

"当我第一次见到你的时候，你是处处以贵族自居，傲慢而放肆的小孩子。但是，当时你最大的缺点还不是这个，而是不懂得关爱别人。善珠一直把你当成亲弟弟，爱你爱到放在手里怕掉了，含在嘴里怕化了。可是，你只是把她当做自己的奴婢，至于怎么去关爱善珠，你连想都没有想过。"

"是。"

"你身上发生的最大变化，就是你开始践行了兼爱。你到这个部落里来，才知道什么叫劳动，才学会如何关爱善珠，也知道了战争的残酷性，最后阻止了楚国的侵略战争，拯救了宋国的千万百姓。当然了，这些还不能说明你完全理解了兼爱精神。可我相信将来你通过长时间的学习，完全能够实践和传播兼爱思想。"

"我真的能够做到这一点吗？"

兼的口气十分谦虚。翟亲切地拍了一下兼的肩膀。

"你会做好的。你理解得这么快，我非常高兴！我看呀，现在可以放心地送给你这个东西。"

说着，翟将放在房间墙角处的一只小木盒拿过来，放在了兼的面前。

"你自己打开看看吧。"

兼打开盒子一看，原来里面装有一把弓和一支箭。

"我为什么送给你这个东西，我想你会明白的。"

手握弓和箭，兼默默地点了一下头。翟的脸上也浮现了淡淡的微笑。

"善珠，你睡醒了没有？"

在东方的天空刚露出鱼肚白的黎明时分，兼敲响了善珠的房门。听到兼的声音，善珠立刻爬起来打开了房门。可当善珠打开房门的一瞬间，却愣住了。只见兼身背行装，以一副出门远行的装束站在善珠的房门前。

"公子，你这是……"

"善珠，我要离开这里。"

"啊？"

善珠简直不敢相信自己的耳朵。

"首领大人今天送给我这个礼物。"

"哇，是弓和箭呀……"

"对，你知道首领大人为什么送给我这样的礼物吗？"

"我，我是个笨人，我不明白这是为什么，公子。"

"首领大人早已知道我愿做一支箭。我要像这支箭一样射出去，将首领大人教给我的兼爱传授给这个世界上的所有人。首领大人了解我的这一心愿，所以送给我这把弓和这支箭。"

静静地听完兼的话，善珠扭头跑回屋里去了。兼透过门缝，看到善珠在手忙脚乱地收拾自己的行李。

没过一会儿，善珠重新出现在兼的面前。此时的善珠也已经穿好了远行的装束。

"善珠，你……"

善珠莞尔一笑，说道："公子，你不会扔下我自己走吧？"

"跟在我的身边，你会受苦的。现在即使把你留在这里，我一点也不担心。因为我知道这个部落里的人绝不会让你感到孤独，他们会像家人一样关心你疼爱你的。我们部落里的人都像首领大人那样，懂得兼爱，实践兼爱。只要你待在这里和部落里的人们共同生活，无论走到哪里，我都能放心。"

善珠的脸上露出欣慰的笑容。在自己怀抱里长大的小弟弟不知什么时候已经长成一个大人，此时准备要远行，要踏上大人的征程了。

"公子，你要知道我是你经常挂在嘴边的那个傻丫头善珠。我呀，再苦再累，只要待在你身边，我心里总是那么幸福、快乐。甚至一天听不到你的声音，我就睡不着觉。记得你曾经对我说过：'早晚有一天要守护你这个傻丫头。'我想公子已经长大成人，到了该守护我的时候了。所以，我决定跟你一起离开这里，哪怕你走到天涯海角，我也跟你走到天涯海角。"

兼默默地站一会儿，最后开口说道："你呀，还是个傻丫头啊！你说得对，如果没有我，谁来陪你玩呢？"

"除了你还有谁？"

这个瑞雪纷飞的冬天，早晨起来的人们发现铺满白雪的羊肠小道上留有两行脚印。这脚印是两个人手挽手，肩并肩行走的印迹。脚印一直延伸到山那边。部落里的人们也都猜测到了这两行脚印的

主人是谁。

　　就这样，他们离开了这个部落。岁月也随着他们的脚印流逝了一年又一年。不知哪一年，翟去世了，部落里的人也一个个地离开了。充溢着兼爱之心的人都变成一支支箭，射向了人间的四面八方。就像最早变成箭射向远方的兼和善珠一样。

　　又过了很长很长的时间，没有人的部落只剩残垣断壁，到处杂草丛生，彻底荒废了。

　　有一天，这个荒凉的地方出现了两个人影。一个是满头银丝的老者，一个是像是他妻子的老妪。他们二人来到已是杂草丛生的翟的坟墓前，恭恭敬敬地跪拜磕头。老者布满皱纹的手里握有一把掉了漆的弓和一支箭。那一副古老的弓箭好像在诉说流逝的岁月，发出淡淡的光芒。

综合论述题

01 在一般情况下，人们首先关爱自己的父母兄弟和自己的子女，其次关爱别人，最后关爱其他事物，这就是儒家的差别之爱。简单地说，关爱他人是有先后顺序的。这与墨子主张的兼爱（无差别的爱，平等的爱）是背道而驰的。那么墨子主张兼爱的根据是什么？在现实中，所有的人都能做到兼爱吗？请在下面的空白处写下你的想法。

02 墨子认为即使打赢了战争也会蒙受损失。那么，战争中蒙受损失的是什么人？为什么？请在下面的空白处写下你的想法。

03　读完下面的提示文回答问题。

　　远古时候，人们的语言各有各的意思。一个人说话有一种意思，两个人有两种意思，十个人有十种意思。后来人数一增加，不同的意思也就增加了。每个人都认为自己的说法是正确的，批评别人说的是错误的。于是，在家庭里父母兄弟之间相互埋怨，在社会中众多百姓之间水火不相容，相互加害于对方。即使有剩余的力气也不会帮助他人，有剩余的财物也不会分给他人，有好思想的人也把自己的思想藏起来，不告诉任何人。这是一个十分混乱的天下，与动物世界没有什么两样。

　　天下混乱，原因在于没有一个领头人。所以，必须挑选最优秀、最贤明的人当天子。仅有一个天子还不够，因为他个人的能力毕竟是有限的。因此，还要挑选最聪慧、最有威信的人当"三公"，让他们去协助天子。天子应该让百姓遵守下面的三条规矩：不管是好话，还是坏话，只要一听到就要禀报天子；上头的人认为是对的，百姓也必须认为是对的，上头的认为是错的，百姓也必须认为是错的；如果上头人有什么差错，必须指正他，发现有贤能的人必须向上推荐。

　　这是墨子期盼的社会形态。请你批判性地分析墨子提倡的社会形态，阐述什么样的社会才是值得期盼的社会。

04 读完下面的提示文回答问题。

虽至天下之为盗贼者亦然。盗爱其室，不爱异室，故窃异室以利其室；贼爱其身，不爱人身，故贼人身以利其身。此何也？皆起不相爱。（即使在天底下做盗贼的人，也是这样。盗贼只爱自己的家，不爱别人的家，所以盗窃别人的家以利自己的家；盗贼只爱自身，不爱别人，所以残害别人以利自己。这是什么原因呢？都起源于不相爱。）

若使天下兼相爱，爱人若爱其身，犹有不孝者乎？视父兄与君若其身，恶施不孝？犹有不慈者乎？视弟子与臣若其身，恶施不慈？故不孝不慈亡有。犹有盗贼乎？故视人之室若其室，谁窃？视人身若其身，谁贼？故盗贼亡有。（假如天下人都能相亲相爱，爱别人就像爱自己，还能有不孝的人吗？看待父母兄弟和领导像对自己一样，怎么会做出不孝的事呢？看待弟弟、儿子与部下像对自己一样，怎么会做出不慈的事呢？所以不孝不慈都没有了。盗贼也一样，看待别人的家像看待自己的家一样，谁会盗窃？看待别人就像自己一样，谁会害人？所以盗贼没有了。）

若使天下兼相爱，国与国不相攻，家与家不相乱，盗贼无有，君臣父子皆能孝慈，若此则天下治。（假如天下的人都相亲相爱，国与国之间就不会相互侵略，家族与家族之间也就不会相互侵扰。同时，盗贼也没有了，君臣父子间也都能孝敬慈爱了。到这个时候，天下也就治理好了。）

——《墨子·兼爱（上篇）》

读完提示文以后，请你批判性地阐述一下墨子关于兼爱是克服社会混乱最佳方案的观点。

05 举一例说明利用墨子的兼爱思想能解决现代社会的什么
问题？

综合论述题题解

01 兼爱当然指平等的爱，但这里还包含着利益均沾的观点。在墨家哲学中，爱和利益不是截然不同的两个内容，而是同一个研究课题的两个方面。我们平时所说的爱主要是指精神上的爱，而墨家哲学中的爱主要是指经济利益上的平等之爱。换句话说，干了多少活就应得到多少报酬。墨家之所以提倡这样的观点，是因为当时贵族经常盘剥和掠夺百姓的劳动成果。墨家的这一观点实际上是体现了墨子抨击既得利益者的思想，同时也体现了强化墨家学派共同意识的思想。

02 如果战争打赢后没有获取任何利益，那么就不会发生任何战争，也从根本上不存在"战争"这个词汇。我们相互间打架斗殴，究其原因就是那么几条，或者被人侮辱了，或者受到委屈了，或者是相互间的利益发生了冲突。同样的道理，国与国之间的战争，究其原因也无非就是因为上述的几条理由。因此，战争结束后，战争的胜方也许有一定的益处，但是对参加战争的百姓来说，不管是输赢都只有损失而没有任何利益。墨子站在维护国家和百姓利益的立场上反对侵略战争。首先，战争经常发生的季节是春秋两个季节，而这两个季节正是农忙季节。墨子认为农忙季节发生战争，自然而然会耽误农业生产，而耽误了农业生产也就耽误了民生大计；其次，即使是战争的胜方也会有很多人员伤亡，这会直接导致劳动力数量锐减，对国家对百姓都会造成巨大的损失；再次，应征士兵家属不仅要承受亲人分离甚至失去亲人的痛苦，还要承担因国家庞大的军备支出而日益加重的苛捐杂税。

03 如果每个人都各执己见，这个世界就会变成与动物世界同样混乱的世界。在这样混乱的社会里，最终的受害者还是平民百姓。在提示文里，墨子说天下大乱的原因就是没有贤明的领导人，如果有一个贤明的领导人，就可以避免天下大乱。如果这个社会整体水平相差不远，就很少会发生混乱。如果领导人以相对稳定的标准来判断是非曲直，那么社会也就不存在谁是谁非的问题。然而，墨子的这一思想却忽略了整个社会的多样性和每个人的个性。尤其是"上头的人认为是对的，百姓也必须认为是对的，上头的人认为是错的，百姓也必须认为是错的"这一观点，很容易毁损人类的尊严。只强调统一性的单一化社会里，人们不可能实现自我价值。只有充分发挥个性的社会，才能确保人类的尊严。人类是有思维有理性的高级动物，如果领导人一人说了算，人类就会丧失独立思考能力，只能成为处处被领导人摆布的傀儡。更不应该由领导人以个人的意志来判断社会上的所有是非，而应该由法律和制度来判断。只要法律和制度提示一下判断是非的最低标准，那就既可以避免社会混乱，也可以尊重每个人的个性。只有这样，社会才能成为既能批判别人也能接受别人批判的民主社会。

04 墨子认为人与人之间的爱可以使社会和谐，从而使社会变得幸福。在这里，我们可以看得出墨子把人的本性看得很善良。可实际上，人的本性有恶的方面。我们在家里，或者在学校所学到的东西全都是围绕着爱而进行，如果人的本性是善良的，那么人们为什么不践行爱呢？

人的本性到底是善还是恶，或者是保持中性，这个问题谁也做不出明确的回答。但有一点是肯定的，那就是每个人的心中都有善和恶这一相互对立的两个品性。所以，要想体现"爱的效果"，就需要有一个善比恶先行的启动装置。比如说在社会上具有一定约束力的道德和法规占据统治地位的时候，人类心灵深处的善的品性就会有可能比恶的品性先得到启动。换句话说，要想用爱心来稳定社会，必须要形成一个健全的社会道德和法规机制。只有这样，才能使人们心中恶的品性得到有效的控制。

05 墨子的兼爱思想并不是意味着精神上的爱，而是意味着物质上的爱，即付出多少劳动代价就应该得到多少劳动报酬。可是，我们当今社会还有不少得不到应有的劳动报酬的人。学生课外打工、非正规职业、外国劳务等问题就是典型的案例。他们的劳动大部分属于简单劳动，看不出劳动的质的差距，因此也就很容易忽视劳动报酬的差异。他们属于社会的弱势群体，要使他们的劳动价值得到社会的公平评价，我们不妨用墨子的兼爱思想来批判我们现有的分配制度。

若使天下兼相爱,爱人若爱其身,犹有不孝者?

(假如全天下的人都能相亲相爱,爱别人就像爱自己一样,还能有不孝的人吗?)

——墨子